여름 휴가

NATSUYASUMI

이 도서의 국립중앙도서관 출판시도서목록(CIP)은
e-CIP홈페이지(http://www.nl.go.kr/cip.php)에서 이용하실 수 있습니다.
(CIP제어번호 : CIP2007002190)

나카무라 코우 장편소설 | 현정수 옮김

문학동네

◇

결혼하고 나서 그 사람과 함께 살게 되었다.

그 사람이라 함은 유키가 아니라, 유키의 어머니를 말하는 것이다.

유키는 밖에서 일하고 나는 집에서 일한다. 때문에 우리가 결혼한 뒤로 가장 오랫동안 나와 함께 있었던 사람은 다름아닌 유키의 어머니인 셈이다. 이상하게 들리겠지만 사실이 그렇다.

유키는 그 사람을 '엄마' 라고 부른다. 옹알이를 시작할 무렵부터 지금까지 계속 그렇게 불러오고 있다고 한다.

그러나 '어머니' 라고 부른 적도 있기는 했던 모양이다.

초등학교에 들어가기 직전, 유치원에서 "이제 엄마라고 부르는 것은 졸업하자"라는 분위기가 조성될 무렵의 일이다. "어머니"라고 소리내어 말할 수 있는 친구들은 의기양양하게 그 단어를 연발하면서, 소수파가 되어버린 '엄마' 파들을 압박했다.

"자아, 오늘은 '어머니'의 모습을 그려보도록 해요~"

믿었던 선생님까지 그렇게 말했다.

유키는 이대로는 안 되겠다고 생각했다. 그래서 집에 돌아간 뒤에, 노란색 세면기에 그려진 '메구땅' 캐릭터를 바라보며 혼자 연습을 했다고 한다.

어머니, 어머니, 어머니, 어머니, 어머니, 어머니, 어머니……

하지만 소용없었어, 하고 유키는 말했다.

—나한테는 무리였어.

현재.

유키가 눈을 감고 "어머니"라고 소리내어 말할 때, 유키의 마음속은 노란색으로 가득 찬다. 세면기 같은 노란색. 눈앞이 온통 노란색. 노란색 평원에서 천천히 메구땅의 모습이 떠오른다. 빛이 바래고 테두리 부근이 군데군데 벗겨진 메구땅. 웃는 얼굴의 메구땅.

이것은, 인간은 한번 기회를 놓쳐버리면 영영 돌이킬 수 없다는 것을 보여주는 전형적인 예이다. 엄마라고 부르느냐 어머니라고 부르느냐. 어린 유키가 멈춰 서 있던 그 갈림길에서 이제는 너무 멀리 지나와버렸다. 유치원생 유키는 어머니를 엄마라고 부르는 길을 선택해버렸던 것이다.

하지만 그것은 유키와 어머니에게 그리 문제가 되지 않았다. 실제로 그런 모녀지간도 적지 않을 것이다. 오히려 정말 중대한 기회를 놓쳐버린 사람은 나였다.

결혼하기 전, 아직 그 사람과 만나기 전부터 나는 유키와의 대화 속에서 엄마라는 단어를 사용하고 있었다. 유키가 계속 엄마 엄마 하고 연발했기 때문에 나도 모르게 그것을 따라 하게 된 것이다.

"유키의 엄마는 오늘 집에 안 오시지?" 라든가, "지금은 별다른 예정이 없으니까 유키의 엄마에게도 말씀드려" 하는 식으로 사용하는 '엄마' 라는 단어는, 내 안에서 아직 가공의 존재였던 그 사람을 가리키기에 안성맞춤이었다.

그렇지만 물론 당사자를 앞에 두고 그렇게 부를 수는 없었다. 나는 유키의 연인으로서 그녀를 '장모님'이라고 부를 필요가 있었다. 그리고 그것은 어려운 일도 아니었다. 처음 만났을 때에 '장모님' 이라고 부르면 그걸로 이야기는 끝이었다. 하지만 나는 그것을 입에 담음과 동시에 머리에 떠오른 '장모님' 이라는 글자를 조금 겁내고 있었다.

나도 유키처럼 세면기를 향해 연습했어야 했다. 그럼에도 불구하고 나는 연습도 하지 않았고, 그 사람을 뭐라고 불러야 할지 정하지도 못한 채 한사코 언급을 피하려고만 했다.

그 사람과 이런저런 일이나 대화를 함께하며, 우리는 나름대로 좋은 관계를 구축했다. 그런데도 나는 '장모님'이라고 부르기를 피해왔다. 언젠가 꼭 불러야 할 필요가 있을 때가 온다면 그때 가서 '장모님'이라고 부르면 된다, 그렇게 생각하고 있었다.

"엄마 방은 어디가 좋아?"

유키 앞에는 이번에 청약을 넣은 도민주택의 방 배치도가 놓여 있었다.

"저기 말이다," 어머니는 입을 열었다. "계속 그 얘기만 하면 붙을 것도 떨어지게 돼."

"난 그 반대라고 생각하는데." 유키가 말했다. "이런 건, 붙었을 때를 어느 정도 생각해둬야 해. 그 정도의 기합도 안 넣으면서 뽑히길 바랄 수는 없다고 봐."

"그런가?"

어머니는 잠시 생각에 잠겼다. 그 사람 앞에 깔린 신문 광고지 위에는 귤껍질이 수북이 쌓여 있었다.

"마모루 씨는 어떻게 생각하나요?"

그 사람은 나에게 말했다. 옆에서 유키도 고개를 들었다.

"엥?"

나는 무심코 소리를 냈다. 음~ 어디 보자.

나는 그 사람의 얼굴을 보고, 그러고 나서 유키의 얼굴을 보았다.

"방 배정을 어떻게 할지 미리 생각하느냐 마느냐 하는 거랑, 실제로 당첨되느냐 떨어지느냐는 별 관계가 없는 것 같은데요."

잠시 침묵이 흘렀다.

두 사람은 눈에 확 드러날 정도로 낙담한 표정을 짓고 있었다. 나는 재미없는 의견을 내놓은 것에 대해 맹렬히 반성해야만 했다. 설령 그 말이 사실이었다고 해도.

"생각하든 하지 않든 결과는 변하지 않아."

생각을 고쳐먹은 듯, 그 사람이 천천히 입을 열었다.

"그렇다면 떨어졌을 때 실망하지 않도록, 방 배정에 대해서는 생각하지 않는 편이 나아."

"아니, 오히려 반대야. 그럴 바에야 당첨되었을 때를 생각하면서 즐거워하는 편이 낫잖아."

"하지만 말이다, 나는 떨어지는 편이 좋지 않을까 싶기도 해."

"왜?"

"전에도 말했지만 너희들은 신혼이잖니. 굳이 지금부터 부모하고 같이 살 필요는 없어."

"그러니까, 우리는 이제 신혼이 아니라니깐."

올해로 삼 년째 사귀는 동안, 우리는 그중 절반 이상을 같이 살았다. 정식으로 살 곳이 정해지면(즉 도민주택에 당첨되면), 혼인신고를 할 생각이다.

"내가 싫어서 그래. 난 삼십 년 전부터 독신생활을 동경해왔어. 요즘 들어서야 간신히 혼자 사는 것에 익숙해지기 시작했다고."

"저기 말이지," 유키가 말했다. "엄마는 중요한 머릿수야.

이렇게 좋은 조건의 맨션은 찾기 힘들다고. 둘이 신청하는 것보다 셋이 하는 편이 확률이 높다는 건 전에 설명했었지? 엄마도 스미다 강도 보이고 가부키 극장도 가까운 곳이라고 좋아했잖아."

"그건 확실히 매력적이야."

그 사람은 비교적 순순히 긍정했다.

"그치? 이사 가고 싶어지지?"

"그거야 뭐, 그렇지. 하지만 그렇게 쉽게 당첨될 리가 없잖아?"

"배율은 삼십 배 정도야."

"삼십 배……"

다시 침묵이 흘렀다.

"……삼십 배라면 꽈리고추를 먹었을 때 매운 게 걸릴 확률 정도네요."

유키의 발언을 신중하게 음미하고 나서, 나는 가만히 말했다.

"어머, 그 정도라면 난 자주 당첨되는데."

그 사람이 말했다.

"그런 식으로 보면 안 된다고. 이번엔 첫번째에 매운 게 걸려야 한다니깐 그러네."

"……그렇구나. 그러면 좀 어려울지도 모르겠는걸."

"하지만 불가능한 건 아냐. 그 정도라면 어떻게든 될 거야."

왜 유키가 말하면 항상 뭐든지 그럴싸하게 들리는 걸까.

"그래서, 엄마는 어느 방이 좋아?"

"너희들 침실부터 먼저 정하렴. 내 방은 거기서 가장 먼 곳으로 할 테니까."

"그래? 그러면, 마모루의 작업실은 어디가 좋아?"

"어디든 상관없는데, 창문은 있었으면 좋겠어."

"그러십니까." 유키는 말했다. "그러면, 이런 식이 되려나……"

유키는 배치도에 각각의 방의 용도를 적어나갔다.

남서쪽 구석 방이 어머니의 방, 서쪽의 9.6m²짜리가 내 작업실, 동쪽이 침실, 거실과 주방, 다용도실.

내 일을 하기에는 훌륭한 환경이었다. 지금까지는 거실 구석에 책상을 놓고, 그 옆에 PC와 자료들을 쌓아두고 있었다. 그런 상황에 비하면 새 집에서 9.6m²짜리 전용 작업실을 갖는다는 건 획기적인 진보였다.

이것으로 책장이나 캐비닛 등, 지금까지 공간 문제로 구입을 망설이고 있던 물건들도 놓을 수 있게 된다. 점진적으로는 전용 팩시밀리나 복사기도 사고 싶고, 관상용 식물도 필요하다. 벽에는 스케줄을 써두는 작은 화이트보드도 걸어놓고 싶다. 서류용 왜건도 있으면 편리할 테고, 그리고 작은 것이라도 상관없으니까 접대용 테이블과 스툴도 있었으면 좋겠다. 뒤로 젖혀서 침대처럼 휴식을 취할 수 있는 의자도.

—스몰 오피스.

나는 황홀한 기분으로 매혹적인 공간의 청사진을 그려보았다. 그 아기자기한 모습이 더더욱 나의 마음을 사로잡았다. 우리는 언제나 그런 식으로 완결된 작은 공간을 사랑한다.

"엄마의 방은 여기로 해도 괜찮으시겠어요?"

나는 기분이 좋아져서 그 사람에게 물었다.

"나는,"

그 사람은 내 얼굴을 빤히 쳐다보았다.

"나는 상관없어요."

그리고 그 사람은 단호하게 말했다.

이렇게 해서, 나는 그 사람을 엄마라고 부르게 되었다.

막상 그렇게 불러보니 계속 들러붙어 있던 뭔가가 떨어진 듯이 후련해서, 나는 그뒤로도 '엄마'란 말을 연발했다. 그것은 잃어버렸던 퍼즐 조각처럼 빈틈없이 꼭 들어맞았던 것이다.

유키는 그것에 대해 아무 언급도 하지 않았고, 그 사람도 별말 없었다. 다만 유키는 어쩐지 득의양양한 얼굴로 싱글벙글 웃었다.

겨울의 어느 토요일, 우편함에 도민주택 당첨통지서가 들어 있었다. 통지서에는 'L-87, 귀하는 추첨 결과, 당 주택의 입주자격을 얻었습니다'라고 씌어 있었다.

한 달 후, 나와 유키는 구청에 가서 혼인신고를 했다. 배율 삼십 배의 혼인신고서.

그리고 일주일 뒤 우리는 도민주택에 입주했고, 삼 주 뒤에 어머니가 이사를 왔다.

겨울이 끝나고 봄이 되었다.

이렇게, 우리 세 사람의 동거생활이 시작되었다.

◇

아침.

늦게 일어나는 유키를 위해서 나는 텔레비전 채널을 일기 예보에 맞춘다.

—도쿄 지방. 오늘의 날씨는 맑음, 때때로 흐림. 북동풍. 강수확률은 10%.

나는 벽에 걸린 달력을 보고 오늘의 날짜를 확인했다.

—5월 29일, 금요일.

텔레비전 볼륨을 최소로 낮추고, 헨델의 〈수상음악〉을 틀었다.

우아한 궁정음악이 흘러나오며 실내는 작은 질서와 조화에 감싸인다. 나는 텔레비전 리모컨을 테이블에 내려놓았다. 유키가 앉을 위치를 계산해서, 집어들기 쉬우면서도 거치적거리지 않을 위치에 그것을 놓았다.

유키의 어머니가 왜건을 밀며 나타났다.

코르크로 된 컵받침. 유리 티 포트. 모래시계. 도기로 만든 밀크 피처. 소서.

어머니는 하늘에서 내려온 천사처럼, 그것들을 테이블에

차려나갔다.

소서 위에는 따끈하게 데워진 티 컵(오늘은 남색에 클로버무늬 찻잔이다)이 뒤집어 놓여지고, 옆의 쟁반에는 크래커 몇 개와 리버 페이스트가 곁들여진다.

이 아침에 새로운 질서와 조화를 가져오고서, 엄마는 부엌으로 돌아갔다.

슬슬 유키가 일어날 것이다.

유키는 매일 아침, 어머니가 식사 준비를 마치는 시각에 자로 잰 것처럼 딱 맞춰 일어난다. 실제로는 유키가 아니라 어머니 쪽에서 타이밍을 맞추고 있는 것이지만.

오늘 아침도 이 모녀의 타이밍은 완벽했다.

유키는 나른해 보이는 얼굴로 거실로 나와서, 나른해 보이는 얼굴로 의자를 당기고, 나른해 보이는 얼굴로 의자에 앉았다. 그리고 몸을 음악에 맡기듯이, 잠시 동안 가만히 고개를 숙이고 티 포트를 바라보았다.

티 포트의 유리 바닥은 아름다운 반원을 그리고 있다.

이 형태가 물의 대류를 원활하게 해주어서 맛있는 홍차가 만들어지는 거야, 언젠가 유키에게 들은 적이 있다.

갈색의 홍차와 함께 고즈넉한 시간이 퇴적한다.

고개를 든 유키가 옆에 있는 모래시계에 눈길을 주었다. 모래는 다 떨어져 있었다.

유키는 천천히 티 포트의 스트레이너를 들어올렸다. 촘촘한 거름망에서 마지막 한 방울이 떨어질 때까지, 유키는 그것을 가만히 지켜보았다.

배타성.

그곳에는 이 세계에 유키와 티 포트만이 존재하는 것 같은, 나른한 배타성이 존재했다.

잠시 시간이 흐른 뒤, 유키는 뒤집어져 있는 찻잔을 바로 세우고 홍차를 따랐다. 유키의 세계에 티 컵이 새로운 동료로 들어왔다.

유키는 밀크 피처를 손에 들었다. 그녀의 세계에 밀크 피처가 추가된다. 홍차를 한 모금 마시고, 이어서 리버 페이스트와 크래커가 그 세계에 합류한다.

말을 익히기 시작한 헬렌 켈러처럼, 유키는 크래커를 씹으면서 그녀가 속한 세계를 확장시켜나갔다.

유키의 세계의 윤곽이, 차츰차츰 또렷해져갔다. 〈수상음악〉도 충분히 유키의 몸에 배어든 듯 보였다.

지금이 적당하겠구나 하고 판단한 나는, 목소리를 차분한

톤으로 가라앉히고 친근한 라디오 방송 캐스터가 된 듯한 마음가짐으로 일기예보 결과를 전했다.

"오늘은 맑음. 장마는 다음주쯤 시작되나봐. 강수확률은 십 퍼센트."

"……십 퍼센트."

유키는 매일 이 숫자에 집착했다.

두 잔째의 홍차.

아침에는 항상 정신을 못 차리면서도 이 집에서 유일한 직장인인 유키에게, 나와 나의 장모는 최대한의 경의를 표하고 있었다. 우리는 각자 조금 떨어진 위치에서 유키를 지켜보면서, 그녀의 유쾌한 아침을 위해서라면 뭐든지 기꺼이 해주려 애썼다.

홍차를 다 마신 유키는 리모컨을 집어들고 텔레비전의 볼륨을 높였다. 나는 그것과 교차하듯이 오디오의 볼륨을 줄였다.

아나운서가 열도의 아침을 낱낱이 보고한다.

유키는 몇 개의 채널을 돌려가며 보다가 전원을 껐다. 알았으니 됐어, 하고 말하는 것처럼. 남아 있는 홍차를 마저 들이켜고, 짤깍 하는 소리를 내며 찻잔을 내려놓았다. 무슨 스위치가 켜지는 듯한 소리였다.

"잘 먹었습니다."

유키는 합장을 하며 고개를 살짝 숙였다. 그것은 아침 인사와 우리에 대한 감사 등 모든 것을 포함한 인사였다.

유키는 의자에서 일어서더니 세면실로 걸어갔다.

나는 오디오의 볼륨을 원래대로 키웠다.

어머니가 부엌 쪽에서 나타나 식기를 회수해갔다.

이윽고 유키는 출근 준비를 마치고 집을 나섰다. 오늘 아침 처음으로 싱긋 미소지으면서, "오늘은 늦을 거야" 하는 말을 남기고.

그뒤에 나와 장모는 조금 늦은 아침식사를 들었다. 집사들이 조리실 뒤쪽에서 밥을 먹는 것처럼 조심스럽고 예의 바르게. 자그마한 긍지와 안락한 충만감에 가득한 식사를, 우리는 함께했다.

낮.

나는 24채널 마이크/라인 믹서에 대해서 생각한다.

—To adjust Input level : 입력 레벨을 조정하려면.

나는 믹서 전문가가 아니고, 특별히 좋아하는 것도 아니다. 하지만 어쩌다 인연이 닿아서 24채널 마이크/라인 믹서의 취급설명서를 만들고 있다.

나에게 불가능할 것 같은 일, 그렇게 생각했던 일. 그런 일이라도 이건 내 직업이다, 하고 생각하면 극복해낼 수 있다. 그렇게 굳게 믿으려 하고 있다.

—Stereo AUX Returns : 이펙트 출력을 접속합니다. 여기서는 -10부터 4dBu의 스테레오 및 모노 언밸런스 신호를 처리합니다.

이 믹서는 최대 스물네 종류의 소리를 혼합해 출력할 수 있는 음향기기다. 음악 제작현장이나, 콘서트, 이벤트 등에 사용되고 있다. 여러 가지 입력형식을 커버하고, 여러 가지 편집방식을 커버하고, 여러 가지 출력형식을 커버한다.

그것들을 최대한 읽기 쉽고 알아듣기 쉽게 설명해나간다. 영어로 씌어 있는 사양서나 유사기종의 매뉴얼을 참고하면서, 작업은 신중하면서도 대범하게 진행된다.

이해가 아니라 파악.

내가 팬텀파워 밸런스와 언밸런스 타입의 입력방식 차이에 대해서 깊이 이해할 필요는 없다. 숲 전체의 형태를 파악

해두면 나무들의 종류나 잎사귀의 자세한 모양을 모르더라도 지도를 그릴 수 있다. 지도를 필요로 하는 사람이 대개 초심자라는 점을 감안하면, 오히려 자세한 걸 모르는 편이 좋은 지도를 그리는 데 도움이 되는 경우도 있다.

나는 최근 몇 년간 일본의 대리점이 수입하는 공업제품의 매뉴얼을 작성하는 일을 하고 있다.

큰 건으로는 삼차원 측정기의 설명서가 있었다. 클라이언트는 그것을 '삼차원' 이라고 불렀다.

—본 기기로 측정대상의 X축, Y축, Z축 상의 정확한 위치 정보를 측정할 수 있습니다. 이것으로 다양한 부품의 형태 측정이 가능합니다. 응용방법에 따라 측정할 수 있는 형상은 무한합니다. 제품의 시험제작, 검사 등에 본 기기를 애용해 주시기 바랍니다.

작은 건으로는 드라이버 끄트머리를 자화(磁化)하는 기계를 다룬 적이 있었다. 드라이버 끝에 자력을 가하는 그 작은 기계의 이름은 마그네타이저였다.

—드라이버를 본 기기에 삽입하고 나서 버튼을 누릅니다. 누른 채로 드라이버를 천천히 잡아빼면 자화됩니다. 반대로 버튼을 누르고 나서 천천히 드라이버를 삽입하면 소자(消

磁)할 수 있습니다.

매뉴얼이라곤 하지만, B5용지 한 장에 조작방법과 주의사항이 전부 들어갈 만한 분량이었다.

담당자는 나에게 말했다.

"괜찮습니다, 받아주세요. 그건 드리겠습니다. 아뇨, 괜찮습니다. 하하. 크기도 작으니 공간을 많이 잡아먹지는 않겠죠? 나중에 요긴하게 쓰일지도 모르지 않습니까. 하하하하. 마그네타이저는 이쪽 업계에서는 꾸준히 사랑받고 있다구요."

나는 그길로 온 집 안의 금속을 자화하기 시작했다. 드라이버, 머리핀, 클립, 못, 압정, 바베큐용 꼬챙이. 그것들이 철판에 찰싹 달라붙어 있는 모습을 보고 있노라면 괜스레 유쾌해졌다.

그들이 나에게 불어넣은, 자력이란 이름의 작은 의지. 마그네타이저는 오늘도 이 세상 어딘가에서 드라이버를 자화하고 있겠지.

나는 일에 있어서 약속을 지키는 것을 최우선으로 여겼다. 마감일은 반드시 지켰다. 그리고 가능한 한 정성껏 일했고, 혹은 그렇게 보이도록 심혈을 기울였다.

그러자 일감이 정기적으로 들어오게 되었다. 그들이 내가 썩 괜찮은 결과물을 낸다고 평가해주었던 것이다.

의뢰가 들어온 일은 최대한 거절하지 않고 받았다. 덕분에 경험과 기술도 붙었고 그에 따라 자신감도 생겼다. 지금이라면 우주 로켓의 매뉴얼도 만들 자신이 있다.

— 처음에는 로켓의 전원을 켭니다. 빨간 버튼은 절대로 누르지 마십시오. 비행이 끝나고 나면 로켓의 전원을 끕니다. 켠 채로 놓아두지 않도록 주의해주십시오.

낮 동안 집 안에 있는 사람은 나와 유키의 어머니뿐이다.

내가 일을 하는 동안, 그녀는 장을 보러 가거나 신문의 투고문을 읽거나 내가 모르는 뭔가를 하거나 했다. 집에 없을 때도 많았다.

점심은 각자 알아서 해결했다.

나는 대개 그때그때 냉장고에 있는 고기나 야채를 볶아서 밥 위에 얹어 먹었다(개인적으로 그것을 '내 맘대로 덮밥' 이라고 부르고 있다). '내 맘대로 덮밥' 에 질리면 근처의 식당에 갔다. 엄마가 어떻게 끼니를 해결하고 있는지는 알 수 없었다.

세시가 되면, 우리는 같이 차를 마셨다.

엄마는 막힘없는 손놀림으로 차를 끓인다. 막 끓기 시작한 물을 식히고, 다기를 데우고, 진녹색 찻잎을 찐다. 그러는 동안 입을 한 일자로 꾹 다문 채 눈은 계속 손끝을 향해 있다.

이따금씩 그 입이 우물우물 움직인다. 시선은 앞에 있는 다기에 계속 고정되어 있다. 수수한 멋과는 다른, 몰두라는 방식. 그 방식에 의해 생겨나는 것은, 찻잔 바닥이 보이지 않을 정도로 진한 전차(煎茶)였다.

'찻잎즙' 이라고 이름 붙이고 싶어질 정도로 진한 그 차는, 깊고, 미지근하고, 그리고 달았다.

그렇게 엄마의 차를 마시기 시작한 지 얼마 안 되어, 나는 '어쩌면 이것은 지금까지 마셔왔던 그 어떤 차보다 맛있는 게 아닐까' 하는 생각을 하기에 이르렀다. 그 생각이 확신으로 바뀌는 데 다시 한동안의 시간이 걸렸고, 그뒤에는 매일 확인하듯이 생각했다. 이 사람이 끓이는 차는 대단히 맛있다.

내가 유키에게 그 이야기를 하자, 유키는 바로 고개를 끄덕였다. 그걸 여태껏 몰랐어? 하는 얼굴이었다.

본인에게도 그 말을 해보았다. 차를 끓이면서 그 사람은 호호호호 웃었지만, 겉치레로 받아들이지 않았다는 점만은 알 수 있었다.

나는 엄마가 차를 끓이는 순서를 관찰하고, 그것을 흉내내어 차를 끓여보았다.

만들어진 것은 미지근하고 진한, 그럭저럭 맛있는 차였다. 같은 찻잎으로 같은 순서대로 만들었는데도, 몇 번을 해봐도 결과는 똑같았다. 미지근하고 진하고 맛있을 뿐이지, 대단하지는 못했다.

다시 한번 말한다. 유키의 어머니가 끓인 차는 대단히 맛있다. 그것은 칭송받아 마땅하다.

밤.

유키는 가끔씩 새로운 기술에 대한 얘기를 해주었다. 유키는 특허사무소에서 근무하는데, 그곳에는 이 세상의 별의별 신기술들이 모여든다.

"아무한테도 말하면 안 돼."

유키는 항상 그렇게 운을 떼며 이야기를 시작했다. 사무소 직원에게는 비밀엄수의무가 있다.

이런 이야기에는 두 가지 종류가 있었다.

하나는 유키가 점심시간에 검색한 웃기는 발명 얘기다.

예를 들자면 피라미드 건설법(지구는 하나의 거대한 자기장을 형성하고 있으므로, 그 자력을 이용해서 로렌츠힘*으로 거대한 돌을 띄워서 피라미드를 만든다)이라든가, 우주의 파동과 교신하는 방법(우주 안테나와 우주 앰프를 사용해서 우주에서 전해져오는 목소리를 듣는다) 같은, 우스갯소리 같은 발명 얘기다.

그리고 다른 하나는 유키가 현재 하는 일에 관한 것, 이를테면 광학 픽업렌즈의 제작법 특허라든가, 수도꼭지의 제작단가 하락을 가능케 하는 새로운 기구라든가, 석탄을 냉각시키는 법이라든가, 새로운 노이즈리덕션 시스템이라든가, 신소재로 만든 패널이라든가 하는 그런 종류의 이야기였다.

"요즘에는 비행기 바퀴에 관한 특허 건을 맡고 있어."

유키가 말했다.

"바퀴?"

엄마는 찻잔을 손에 든 채, 노려보는 듯한 시선으로 유키의 입을 바라보았다. 이 사람은 어떤 얘기도 아주 열심히 듣는다.

---

* 자기장 속에서 움직이는 전하가 받는 힘.

"응, 비행기가 이착륙할 때에 사용하는 바퀴. 그 바퀴가 스스로 움직이는 게 아니란 건 알아?"

"스스로…… 움직이진 않겠지."

이 사람은 언제나 말을 신중하게 고르고, 천천히, 마음속 깊은 곳에서 토해내듯이 말한다. 그런 모습은 항상 나에게 '진검승부' 라는 단어를 떠올리게 했다.

"자동차로 말하면 항상 중립상태란 뜻이야."

"그렇다면 그 얘긴…… 비행기가 땅에서 움직일 때는 제트엔진이나 프로펠러의 힘으로 움직인다는 말이니?"

"맞아. 그 바퀴 자체에는 돌아가는 힘이 없어."

"아하~" 나는 감탄하며 끼어들었다. "가만히 생각해보면 금방 알 수 있는 거지만, 지금까지 생각해본 적이 없었네."

"그래, 맞아. 그래서 말인데," 유키는 차를 쭉 들이켰다. "비행기가 활주로에 착륙할 때도, 당연히 바퀴는 중립상태로 빙글빙글 돌게 되잖아?"

트래블링*을 지적하는 심판처럼, 유키는 손가락을 빙글빙글 돌렸다.

---

* 농구경기에서 공을 가진 채 세 걸음 이상 걷는 반칙.

"하지만 아무리 중립상태라도 엄청난 속도로 착지하기 때문에, 바퀴에는 상당한 부담이 가게 돼. 그도 그럴 게 지면과 바퀴가 충돌하니까."

유키는 내 얼굴과 엄마의 얼굴을 번갈아 바라보았다.

"그러면 그 바퀴에 가해지는 충격이나 마찰을 줄이기 위해서는 어떻게 해야 할까?"

유키는 씩 웃었다.

"충격을 줄일 만한 완충재를 사용하면 되지 않겠니? 용수철이라든가."

"응, 그렇긴 한데, 그런 건 지금 와서 새삼 특허를 낼 수 없잖아? 마모루는 그 밖에 또 떠오르는 거 없어?"

"……모르겠어."

"그럼 말할게."

유키의 말에 나와 엄마는 고개를 끄덕였다.

"바퀴를 돌게 만드는 거야. 착륙하기 전에 진행방향을 따라 돌아가게 하는 거지. 빙글빙글 공회전하도록 말이야. 그렇게 하면 충돌이나 마찰을 완화시킬 수 있겠지? 여기까지는 이해돼?"

"응."

나와 엄마는 동시에 끄덕였다.

"여기서부터가 중요해. 그런 식으로 바퀴를 돌게 하려면 어떻게 해야 할까?"

"그건……" 엄마가 천천히 입을 열었다. "바퀴를 살짝 돌게 만든 뒤에 클러치를 밟으면 되지 않을까?"

"그야 그런데, 비행기에는 바퀴를 돌릴 수 있는 기구가 달려 있지 않아. 그렇게 하려면 새로 엔진이나 모터를 달아야 하는데, 그럴 수는 없거든."

"으음," 나는 잠시 신음한 뒤에 말했다. "모르겠는걸."

"엄마는 이제 포기? 그 밖에 또다른 아이디어 있어?"

"……안 떠오르는구나."

"그래? 그럼 말할게."

유키의 말에 나와 엄마는 고개를 끄덕였다.

"바퀴 가장자리에 물레방아처럼 날개를 붙이는 거야. 그렇게 하면 동체 밖으로 바퀴가 나왔을 때 바람의 힘으로 바퀴가 돌아가게 되잖아."

"우와!"

나는 감탄사를 토했고, 엄마도 감탄하듯 고개를 끄덕였다.

"간단하면서도 효과적인, 아름다운 발명이지?"

유키는 황홀한 듯한 표정으로 말했다.

"응."

나도 고개를 끄덕였다.

엄마는 입을 우물거리면서 앞에 놓여 있는 찻잔에 눈길을 주었다.

그 사람 앞에는 깨끗이 비워진 찻잔 세 개가 모여 있었다. 이제 슬슬 두 잔째 차를 따라주겠지.

◇

주말.

오늘은 유키의 친구인 마이코 씨와, 그녀의 결혼 상대인 요시다 군이 놀러올 예정이다.

유키는 요즘 들어 요시다 군이 아주 마음에 든 모양이었다. 지금 집에서 출발한다는 마이코 씨의 전화를 받고 나서 한참 동안 요시다 군에 대한 얘기를 늘어놓았다.

— 요시다 군은 말이야, 카메라를 분해하는 것이 취미래.

— 마이코는 요시다 군의 어디가 마음에 들었을까?

— 요시다 군은 평소에는 얌전한데, 밤만 되면 갑자기 수다스러워진대.

— 요시다 군은 마이코를 '마이코 씨' 라고 부른대.

— 요시다 군은 어딘가에서 트레이드 인으로 카메라를 구해온대. 그걸 일요일에 분해하는데, 분해해놓고 잠시 있다가 원래대로 돌려놓는다나봐. 그런데 마이코 말에 따르면, 분해하는 것은 자주 보지만 조립하는 광경은 한 번도 본 적이 없대. 이건 분명히 뭔가 있는 게 틀림없어, 안 그래?

그런 요시다 군과 마이코 씨는 정오가 조금 지났을 무렵 도착했다.

"안녕하세요, 처음 뵙겠습니다."

그렇게 말하며 웃는 요시다 군은 신수가 훤한 젊은이였다. 하지만 실제로는 카메라를 분해하고, 밤만 되면 수다스러워지는 것이다.

"멋진 맨션이네."

맨션 입구에서 마이코 씨가 말했다.

"배율 삼십 배였어."

엘리베이터 안에서 유키가 말했다.

"운이 좋으시네요."

신수 훤한 호청년, 요시다 군이 대답했다.

"뭐, 꽈리고추를 먹는데 매운 놈이 걸리는 것 정도의 확률이죠."

유키는 웃으며 말했다.

우리는 첫 손님들을 현관으로 안내했다.

"어서 오세요."

유키가 그렇게 말하고, 나는 슬리퍼를 내놓았다.

—바닥이 나일론으로 된 슬리퍼는 안 돼. 펠트로 만든 것이라야 해.

슬리퍼에 대해서 그런 강한 주장을 펼쳤던 사람은 엄마였다. 그러고는 니혼바시에 있는 백화점까지 가서 그것을 사다 주었다.

바닥이 펠트로 되어 있는 슬리퍼. 막상 신어보니, 그것은 정말로 쾌적했고 걸을 때의 감촉도 달랐다. 그때까지 나는 슬리퍼 바닥에 대해서 생각해본 적이 없었다.

"이렇게 되어 있구나."

마이코 씨가 호기심 가득한 미소를 지으며 집 안을 둘러보았다.

"거기는 침실이니까 보면 안 돼. 이쪽은 다용도실이고, 저쪽은 마모루의 작업실."

"이 방 참 좋네요."

요시다 군이 내 작업실을 보고 부럽다는 표정을 지었다.

"이쪽 구석에는 테이블을 놓으려고 해요."

그렇게 말하면서 나는 아마 아주 즐거운 표정을 짓고 있었을 것이다.

"그러시군요."

요시다 군은 박물관에 끌려온 초등학생처럼 나의 스몰 오피스를 둘러보았다. 유키와 마이코 씨는 그런 요시다 군을 생글생글 웃는 얼굴로 지켜보고 있었다. 요시다 군은 캐비닛 위에 놓여 있는 기계에 흥미를 느낀 듯, 그것을 응시했다.

"저건 마그네타이저라고 하는데, 드라이버를 자화하는 기계입니다. 그쪽 업계에서는 꾸준히 사랑받는 물건이죠."

"오호."

요시다 군은 감탄한 듯 나직이 탄성을 질렀다.

"괜찮으시다면 드릴까요?"

"예?" 요시다 군은 눈을 휘둥그레 뜨고서 나를 보았다. "아뇨, 그러시면 너무 죄송하죠."

"저는 이미 자화할 수 있는 건 몽땅 자화해버렸습니다. 요시다 씨가 가져가시는 편이 이 녀석도 행복할 겁니다."

"아뇨, 하지만……"

요시다 군은 잠깐 머뭇거리며 눈을 내리깔았다. 유키와 마이코 씨가 그런 요시다 군을 역시 생글생글 웃으면서 지켜보고 있다.

나는 마그네타이저의 코드를 본체에 둘둘 말아서, 요시다 군에게 내밀었다.

"자, 받으세요."

"아니 그게…… 그렇지만."

요시다 군은 아직도 우물쭈물하고 있었다.

"봉지에 넣어줄게."

유키는 그렇게 말하며 부엌으로 달려갔다. 돌아온 유키가, 하얀 바탕에 장미무늬가 들어 있는 종이봉지에 마그네타이저를 넣었다.

"자, 받으세요."

요시다 군은 유키를 바라보았다. 그리고 천천히 손을 내밀었다.

"뭐든지 마음껏 자화해도 돼요."

유키가 밝은 얼굴로 말했다.

"감사합니다."

요시다 군도 기어들어가는 목소리로 말했다.

"잘됐네."

옆에서 기운을 북돋우려는 듯, 마이코 씨가 한마디 거들었다.

"아," 나는 문득 그렇게 내뱉고서, 파일들이 꽂혀 있는 책장에서 마그네타이저의 취급설명서를 꺼냈다.

"자요. 별거 아니지만, 괜찮으시다면 읽어보세요."

요시다 군은 이상하다는 표정으로 그것을 받아들었다.

우리 네 사람은 텔레비전을 둘러싸듯이 앉아 있었다.

화면에 게임회사의 로고가 뜨고, 깊이 있는 입체적인 소리가 스테레오 스피커에서 울려퍼졌다.

"시작한다!"

유키가 입을 열자, 우리는 컨트롤러를 쥐었다.

우리는 각자 마음에 드는 캐릭터를 골랐다. 유키는 콧수염이 난 통통한 남자를 골랐고, 나는 목이 긴 녹색 공룡을 골랐다. 마이코 씨는 핑크색 옷을 입은 공주님을 골랐고, 요시다 군은 빨간 야구모자를 쓴 소년을 골랐다.

게임은 각 플레이어가 조작하는 네 명의 캐릭터가 난투를 벌이는 내용이었다. 펀치나 킥 등 각 캐릭터의 특기를 구사해서 상대를 필드 밖으로 날려보내면 이기게 된다.

서로의 눈치를 살피면서 게임이 시작되었다.

지금 내가 조종하는 공룡 앞에는 마이코 씨가 조종하는 핑크색 공주님이 있었다. 우리는 화면 안에서 서로 노려보았다.

내가 거리를 좁히려고 앞으로 나아가자, 마이코 씨가 스슥 하고 뒤로 물러섰다.

나는 반대로 한 걸음 물러섰다. 그러자 마이코 씨는 한 걸음 앞으로 나왔다.

오호라, 하고 나는 마음속으로 중얼거렸다.

슬금슬금, 슬금슬금 나는 앞으로 나갔다. 같은 페이스로 마이코 씨가 후퇴했다.

마이코 씨는 벽까지 계속 물러섰고, 물러설 곳이 없어지자 폴짝 뛰어서 위층으로 이동했다.

나는 마이코 씨 추적을 포기하고 아래층으로 내려와보았다. 그곳에는 요시다 군과 유키가 대치하고 있었는데, 내가 내려오는 것과 동시에 유키가 위층으로 뛰어서 자리를 이동했다. 요시다 군이 빙글 뒤공중돌기를 하며 나를 맞이했다.

요시다 군에게 다가가서 인사를 겸한 다리후리기를 날려

보았다. 요시다 군은 가볍게 점프해서 그것을 피했다. 이어서 펀치와 킥을 계속 날렸지만, 요시다 군은 몸을 젖혀서 가볍게 피했다.

내가 큰 한 방을 노리고 점프하자 요시다 군은 번개를 쏘았다. 시커멓게 타버린 나의 공룡이 필드에 쓰러지는 것과 동시에, 요시다 군은 빙글 뒤공중돌기를 했다.

정신을 차리고 보니 위층이 소란스러웠다. 유키가 맹렬하게 마이코 씨를 쫓아다니고 있었다. 도망칠 곳을 잃은 마이코 씨가 아래층으로 내려오자, 모두가 뒤엉킨 난투가 시작되었다.

유키의 공격을 막는 것은 무척 어려웠다. 피하거나 방어할 틈도 없이, 유키는 연속공격을 걸어왔다. 겉으로는 엉망진창으로 보이지만, 자세히 보면 상단과 하단, 장거리와 단거리 공격을 능숙하게 구사하고 있었다.

근접전으로는 도저히 승산이 없다고 판단한 나는, 유키가 요시다에게 정신이 팔린 틈을 타서 급히 위층으로 도망쳤다. 그리고 유키의 등뒤를 노리고 불덩이를 토했다.

유키의 등에 불덩이가 작열했다. 불덩이가 된 수염 남자가 쓰러지고, 상대를 잃은 요시다 군이 빙글 뒤공중돌기를 했다.

충격에서 회복한 수염 남자는 일어서더니 곧바로 번뜩, 하고 이쪽을 돌아보았다. 나는 당황해 불덩이 공격을 재개했다.

유키는 내가 토하는 불덩이를 폴짝폴짝 피하면서 착실히 이쪽으로 접근해왔다.

나도 모르게 우와와, 하는 말이 튀어나왔다.

유키는 공격할 수 있는 거리까지 나에게 접근하더니 질풍노도 같은 연속공격을 몰아쳤다.

가드나 스웨이백이나 더킹 같은 모든 방어기술은 유키가 조종하는 수염 남자 앞에서는 무용지물이었다. 나는 수염 남자의 킥을 다섯 발 얻어맞고, 필드 밖으로 튕겨나갔다. 바후바후바후 하고 울면서 공룡은 작은 별이 되어 화면 위에서 사라져갔다. ……안녕, 세상아.

유키의 다음 타깃은 마이코 씨였다. 공주는 요란하게 필드 안을 도망다녔지만, 금방 따라잡혀 유키의 육탄공격을 뒤집어썼다. 마이코 씨는 요시다 군의 엄호까지 받으며 나름대로 건투했지만, 이윽고 탈락자가 되어 필드 밖으로 튕겨져나갔다. 오 마이 갓! 하고 가냘프게 외치면서 공주도 별이 되었다.

유키가 조종하는 수염 남자가 천천히 뒤를 돌아보았다.

마이코 공주를 쫓아다니는 동안 멀리서 계속 번개로 공격하던 빨간 모자 소년에게 상당히 화가 난 듯 보였다.

유키는 뚜벅뚜벅 요시다 군에게 다가갔다. 요시다 군은 빙글 뒤공중돌기를 하며 유키를 맞이했다.

최종결전이 시작되었다.

요시다 군은 유키의 연속공격을 멋지게 휙휙 피했다. 그리고 간간이 생기는 유키의 빈틈을 정확하게 노렸다. 히트 앤 어웨이. 항상 일정한 거리를 유지하면서, 우위에 서서 전투를 진행했다.

선부른 공격은 반격당할 뿐이란 것을 깨달은 유키가, 움직임을 멈췄다.

두 사람은 잠시 동안 서로를 노려보았다.

그리고—

요시다 군이 빙글 뒤공중돌기를 하다가 타이밍을 놓쳤다.

그 순간,

눈 깜짝할 사이에 시작된 유키의 삼단공격이 작렬하고, 요시다 군이 큰 데미지를 입었다.

나와 마이코 씨는 침을 꿀꺽 삼키며, 두 사람의 혈투를 지켜보고 있었다.

그뒤에도 일진일퇴의 공방전이 이어졌다. 유키가 요시다 군의 허를 찌르면, 요시다 군은 그 빈틈을 노렸다. 유키가 그 빈틈까지 파고들자 요시다 군은 다시 그 허점을 찔렀다. 그러자 또 아무런 허점도 없는 유키의 펀치를 맞게 되었다.

결판은 한순간에 났다. 유키의 날아차기가 들어가나 싶었을 때, 요시다 군이 쏜 번개가 유키에게 정통으로 내리꽂혔다. 새까맣게 타버린 수염 남자는 크아, 하고 비명을 지르며 필드 밖으로 튕겨나갔다.

승리한 요시다 군은 뒤공중돌기를 하는 것도 잊고, 필드에 우두커니 서 있었다. 그것은 자랑스러운 소년의 모습이었다.

빠라빠빠라빠빠라빠빠～

경쾌한 팡파르가 그를 칭송했다. 커다란 환성이 울려퍼지고 엘가의 〈위풍당당 행진곡〉이 흘러나왔다.

명승부였다.

소년이여, 고맙다. 마지막까지 훌륭한 승부를 펼친 두 사람에게, 나는 진심으로 고맙다고 말하고 싶었다. 수염 남자도 참 잘하셨습니다. 감사합니다.

—후우. 유키는 눈을 감고 한숨을 내쉬었다.

"……한 판 더 해보자."

유키는 조용히 말했다.

"예, 계속하죠."

요시다 군이 즐거운 듯한 목소리로 대답했다.

"이거 맛있네."

아이스커피를 한 모금 마신 마이코 씨가 말하고, 요시다 군이 옆에서 고개를 끄덕였다.

"뒷맛이 깔끔한 게, 고급스런 맛이 나요."

"그렇죠?" 나는 말했다. "이건 물에 우려낸 커피예요. 아주 곱게 빻은 가루를 보리차용 티백에 넣고, 그걸 생수에 하룻밤 동안 담가놓았던 겁니다. 유키의 어머니께서 만들어주신 거죠."

"그런 방법도 있구나."

마이코 씨는 조금 신기하다는 표정을 지었다.

나도 처음에는 티백에 커피가루를 채우는 엄마를 보고 아주 신기하다고 생각했다. 하지만 그 결과, 이렇게 맛있는 아이스커피가 만들어진다.

"우리 엄마는 차 종류에 강한 철학이 있으시거든."

유키는 그렇게 말했다.

"아하!" 마이코 씨가 그 말을 듣고 말했다. "그거 좋은걸. 우리집에도 그런 엄마가 있었으면 좋겠어."

지당한 말씀, 하고 나는 생각했다. 그 사람 덕택에 맛있는 차를 마실 수 있다. 쾌적한 슬리퍼도 신을 수 있다. 도민주택에도 당첨되었다.

"엄마는 오늘 어디 가셨어?"

"장보러. 엄마는 일요일엔 긴자의 백화점에 가셔. 실제로 사오는 것은 월요일에 먹을 빵뿐이지만."

요시다 군이 아이스커피를 슬슬 휘저었다.

"그건 그렇고, 유키 씨는 게임을 천재적으로 잘하시네요."

"아니야. 마모루하고 마이코가 너무 못하는 것뿐이야."

나와 마이코는 얼굴을 마주 보았다.

"저는 그렇게 무시무시한 연속공격을 본 건 처음이었어요."

"말은 그렇게 하지만, 팔딱팔딱 뛰면서 잘만 피해다녔잖아."

"아뇨, 그게 한계였어요. 손가락이 조금이라도 삐끗했더라면 그대로 당했을걸요. 다만……"

"다만 뭐?"

유키가 진지한 표정으로 요시다 군의 눈을 보았다.

"상단차기는 허점이 많아요. 그러니까 상대가 도망치고 있을 때에는 안 쓰는 게 좋아요."

"그러면 언제 쓰면 되는데?"

"가드를 할 때요. 상대가 피하지 못하고 가드하기 시작할 때 쓰면 돼요."

"생각해보니 그러네. 그렇게 하면 반격당해도 거기다가 카운터를 날리면 되니까."

"바로 그거예요."

요시다 군이 힘있게 말했다.

"그럼 말이야, 요시다 군의 번개는 어떻게 피하면 돼?"

"그건 좀 말하기 어렵겠는데요."

"흐음~" 유키는 신음했다. "생각해봤는데, 번개가 떨어지기 직전에 뛰어서 날아차기를 하면 막을 수 있지 않을까? 말하자면 타이밍의 문제인 거지."

"그럴지도 모르겠네요."

요시다 군은 조금 음흉한 미소를 지었다.

"좋았어." 유키가 결심한 듯 입을 열었다. "그럼 다시 한

판 해보자."

"좋습니다."

요시다 군은 기뻐하는 얼굴로 대답했다. 나와 마이코 씨는 얼굴을 마주 보았다.

"아무한테도 말하면 안 돼."

잠시 뜸을 들인 뒤에 유키는 말했다.

난투게임은 유키와 요시다 군이 6승 6패씩을 거두며 무승부로 끝났다. 그사이에 마이코 씨가 어부지리로 딱 한 번 우승했다. 맨 먼저 필드 밖으로 날아가는 사람은 항상 나였다.

"아주 굉장한 발명이 있어. 어느 정도냐면, 이 발명만 있으면 연애도 잘 풀리고, 상사에게도 인정받을 수 있고, 가족관계도 원활하게 돌아가. 고부간의 갈등도 사라지고, 남에게 꿔준 돈도 돌려받을 수 있어. 독창적인 아이템이나 기획을 생각해낼 수도 있고, 다툼이나 전쟁도 없어져서 세상이 평화로워져."

"굉장한데."

나는 감탄했고, 마이코 씨는 "그게 뭔데?" 하고 물었다.

"인간관계 방정식."

"방정식?"

"그래, 더이상 막연한 어드바이스나 뜬구름 잡는 소리나 하는 점쟁이 말에 의존할 필요가 없어지고, 해야 할 행동이나 노력의 목표가 수치상으로 명확해지는 거야."

"그게 발명이야?"

"그래. 예를 들어보자면, 그녀가 나를 보는 눈빛이 달라지게 만드는 방정식."

"뭐라고?"

마이코 씨가 웃었다.

"저는 성격이 밝고 운동도 잘합니다. 제 입으로 말하기는 뭣하지만, 저 정도면 꽤 잘생긴 편이라고 봅니다. 같은 직장에서 근무하는 A양은 제 동료하고는 친근하게 이야기를 주고받곤 합니다만, 제가 말을 걸면 왠지 모르게 서먹서먹하게 대합니다. 그것은 아마도 제가 무능력한 사람이라고 뒤에서 수군거리는 사람이 있기 때문이 아닐까요? 저는 어쩌다보니 상사와 사이가 좋지 않고, 진짜 실력을 발휘하고 있지는 않습니다만 사실은 동료들보다 능력 있는 사람입니다. 어떻게 하면 그녀가 저를 보는 눈빛이 달라지게 만들 수 있을까요?"

유키는 우리를 둘러보았다.

"유감이지만 불가능하다고 봐."

나는 그렇게 말했다.

"모든 것을 다른 사람 탓으로 돌리는 전형적인 사람이네."

"평판이 좋아지길 원한다면 그냥 지금보다 더 열심히 일하면 됩니다. 더 간단히 생각하면 될 텐데요."

"발상이 숫총각 같아."

"구제불능이야."

우리는 각자 이 상담자를 매도했다.

"W=Fα/a, 단 a〉0," 유키는 또박또박 말했다. "이 방정식을 사용하면, 그의 고민은 수치로 해명돼."

유키는 광고지 뒤편에 수식을 썼다.

"W는 뭐야?"

"W는 그 사람에 대한 호평의 양. F는 그의 실력이고, α는 어필의 가속도. a는 필터 계수. 그녀의 평판은 F, 즉 그의 실력과, α 즉 어필의 가속도의 곱으로 결정돼. 평가를 올리고 싶으면 상수에 어필하는 게 아니라, 완급을 조절해서 어필하는 게 중요하다는 거지. 그리고 그녀가 그를 보는 시선에는 반드시 필터가 걸려 있는데, 그것이 즉 필터 계수 a야. 단어로 말하자면 편견이나 색안경쯤 되겠네. a가 1이라면 그녀의 필터는 투명하다는 거고, 1보다 작다면 반대로 W의 수치는 커지는 거야.

우선은 실력을 높인다. 완급을 조절하며 그 실력을 어필하는 것으로 그녀에게 점수를 많이 따게 되겠지. 동시에 그것은 a의 수치를 끌어내리는 역할도 해. 따라서 그녀가 그를 보는 눈빛도 달라지지."

"그거 말 되네." 나는 말했다. "그건 그럴지도 모르겠지만, 그 정도는 그 방정식이 아니어도 알 수 있는 거 아냐?"

"방정식으로 풀고 싶어. 손금이라든가 생년월일을 수식이 대체하는 거야. 하나님 대신 수식. 그렇게 생각하면 뭔가 심오한 느낌이 들잖아?"

"그런 것으로 특허를 낼 수 있나?"

"못 내지. 그냥 출원공개가 되는 것뿐이야. 발명에 미친 사람들은 셀 수 없을 만큼 많아. 전기를 입력하면 두 배의 전기가 출력되는 기계 같은 걸 발명한다니깐."

"영구기관을 말하는 거구나."

"그래, 맞아. 그 기계의 출력단자를 똑같은 기계의 입력단자에 접속하면 전기가 두 배 네 배 여덟 배로 불어나서 우주가 붕괴되어버릴 텐데, 그런 문제는 생각도 안 한다고."

"그 꿈을 이룰 수 있는 방정식은 없을까?"

나는 그렇게 물어보았다.

"풀리지 않으니까 꿈도 이루어지지 않지."

"가정하는 방식에 모순이 있네요."

옆에서 요시다 군이 한마디 끼어들었다.

"완급을 조절해서 어필하면 어떻게 될지도 몰라."

맨 마지막에 마이코 씨가 조심스럽게 말했다.

◇

마이코 씨는 강가에서 자랐다고 한다.

그녀는 우리의 맨션 창문에서 내려다보이는 스미다 강을 보면서 정말 부러워, 하고 말했다. 강이 보이는 곳에서는 왠지 잠도 잘 오고 푹 잘 수 있다고도 했다.

우리는 근처 가게에서 마실 것을 산 뒤에 강변으로 내려갔다. 그곳에는 작은 공원이 꾸며져 있었다.

정지한 시간 속에서 노부부가 강을 바라보고 있었고, 그 뒤에서는 일요일을 맞아 휴식을 즐기는 것으로 보이는 중년 남자가 개와 함께 산책을 하고 있었다. 공원 중앙쯤에서는 대여섯 살쯤 되어 보이는 남매와 아버지로 보이는 사람이 커다란 우레탄 공을 주고받으며 놀고 있었다.

우리는 맥주와 마른안주를 벤치에 내려놓았다.

따스한 일요일의 잔향 같은 바람이 불어와서 봉투가 바스락바스락 소리를 냈다. 스미다 강 한가운데를 수상버스가 지나갔다.

마이코 씨가 우와, 하고 소리를 지르고는 강둑을 향해 걸어갔다. 따라가던 유키가 앞지르면서 마이코 씨의 옆구리를 쿡 찔렀다. 두 사람은 소리를 지르면서 강가의 펜스가 있는 곳까지 뛰어갔다.

요시다 군이 벤치에 앉았다. 나는 봉투에서 캔맥주를 꺼내 하나를 건넸다.

"감사합니다."

파슉, 하는 기분좋은 소리를 내면서 우리는 연이어 뚜껑을 따고, 맥주캔 너머로 눈을 마주치며 건배 제스처를 했다.

우리는 봉투를 사이에 두고 나란히 앉았다.

강의 수면이 빛을 반사하며 반짝반짝 빛났다. 뱃전에 붉은 제등을 매단 놀잇배가 느릿느릿 지나간다. 유키와 마이코 씨가 그것을 가리키면서 무슨 말인지 수다를 떨고 있다.

"……갈매기가 날고 있네요."

요시다 군은 그런 말로 입을 열었다.

"바다가 가까우니까."

하늘에는 갈매기가 뿔뿔이 흩어져서 날고 있다. 강 건너 편에서는 초등학생이 축구공을 차고 있었다.

요시다 군이 담배를 꺼내서 입에 물었다.

"마모루 씨는 담배 안 피우시나요?"

"응…… 하지만 한 대 얻어 피워도 될까?"

"물론이죠, 여기요."

요시다 군은 담뱃갑 가장자리를 톡톡 두드려 한 개비만 따로 삐죽 나오게 해서 나에게 내밀었다. 순한 담배를 피울 것 같은 그에게 어울리지 않게 독한 하이라이트였다.

뿜어낸 연기가 초여름의 공기 속으로 녹아들어갔다. 오랜만에 피우는 담배에 머리가 조금 어질어질해졌다.

"마모루 씨는 집에서는 안 피우시나요?"

"뭐, 그렇지."

"당연하겠군요."

요시다 군이 기뻐하는 얼굴로 말했다.

"당연하지."

나도 말했다.

요시다 군은 휴대용 재떨이를 꺼내서 재를 털었다.

"유키 씨는 참 멋진 사람이에요."

"응."

어깨를 부딪치면서 재잘거리고 있는 유키와 마이코 씨를, 우리는 뒤에서 지켜보았다. 강가에 부는 미지근한 바람 때문에 담배가 타들어가는 속도가 빨라졌다.

"저 두 사람, 손을 맞잡고 있네요."

담뱃불을 끄고 난 요시다 군이 나직이 말했다.

"……진짜네."

두 사람은 손을 맞잡고 상류 쪽을 향해 걷기 시작했다. 저녁이 되기 직전의 태양, 어느 맑은 일요일의 광경. 스미다강. 그것은 꽤나 감동적인 광경으로 비쳐졌다.

"……굉장한걸."

"굉장하네요."

조수가 밀려들어, 물은 상류를 향해 흐르고 있다.

"저희들이 손을 맞잡으면 저 두 사람은 뭐라고 할까요."

요시다 군은 재미있겠다는 듯 웃었다. 나는 말없이 담뱃불을 껐다.

"저는 처음 만난 사람하고 이런 식으로 친근하게 이야기 한 건 처음입니다."

요시다 군은 유키와 마이코 씨의 뒷모습을 바라보면서 말했다.

"……왜일까요."

유키와 마이코 씨가 노부부에게 말을 걸고 있었다. 베레모를 쓴 할아버지가 뭔가를 설명한다.

"저 두 사람은 원래 많이 친하니까. 그게 전파된 거 아닐까?"

"그럴지도 모르겠네요."

우리는 맥주를 마시면서, 계속 두 사람의 뒷모습을 지켜보았다.

이렇게 말없이 앉아 있는 것뿐이지만, 확실히 우리 사이에는 친밀한 무언가가 존재했다. 어머니의 오빠의 아들을 사촌이라고 부르는 것처럼, 우리의 관계를 나타낼 말이 있어도 좋겠다는 생각이 들었다.

지인이나, 친구나, 친우 같은 것과는 다르다. ……의형제? 아니다.

— 의친구.

단어로 봐서는 그게 가장 가까울 것 같았다.

"저희들은 거의 같은 시기에 결혼을 결정했죠?"

요시다 군이 그런 말을 꺼냈다. "여기에는 뭔가가 있다고 생각하지 않으시나요?"

"뭐가?"

"단순한 우연이 아닐 거란 이야기예요. 저 두 사람 사이에서 대화라든가, 약속이라든가, 그런 식으로 오고간 것이 있지 않았을까 해서요."

요시다 군은 진지한 표정으로 말했다.

"……그럴 수도 있겠네." 나도 말했다.

"듣고 보니, 확실히 그럴지도 모르겠어."

우레탄 공을 주거니 받거니 하던 가족이 셋이서 함께 걷기 시작했다. 작은 남동생이 공을 떨어뜨려서, 아버지가 그것을 주워들었다.

나는 남아 있는 맥주를 마저 마셨다. 빈 캔을 손으로 쥐었다 폈다 하자 으직으직 경쾌한 소리가 났다.

"우리도 약속을 해둘까?"

"약속이요……?"

요시다 군이 이상하다는 얼굴을 했다.

"이혼할 때는 동시에 하기로."

나는 빈 캔을 벤치 가장자리에 내려놓았다.

"한쪽이 이혼하면, 다른 한쪽도 이혼한다. 유키와 마이코 씨가 동시에 결혼하기로 협의했다면, 우리는 동시에 이혼하기로 협의해두자고."

요시다 군은 굳은 표정으로 나를 계속 쳐다보다가 상당히 시간이 흐른 뒤에야 시선을 돌렸다. 벤치에 등을 바짝 기대며 고쳐 앉아서, 담배에 불을 붙였다.

"……그거 괜찮겠네요."

호들갑스럽게 연기를 내뿜으면서, 요시다 군은 말했다.

"그건, 저 두 사람에게 있어서도 괜찮은 일일 것 같아요."

나의 의친구는 담뱃갑을 톡톡 두드렸다.

"좋습니다. 약속하죠."

담배 한 개비가 삐죽 튀어나온 담뱃갑을 내밀면서, 요시다 군은 웃는 얼굴로 말했다.

◇

7월 15일.

달력에 의하면 지금이 진짜 오봉*에 해당하는 모양이다.

작지만 근사한 탁상을 꺼내고, 향로와 촛대와 꽃병과 영정을 차려놓는다.

오봉이 8월이면 여행을 가는 일도 많았고, 하며 엄마는 나에게 설명했다. 무엇보다 그 사람들은 더위를 싫어했어요.

"일 년치니까."

유키의 어머니는 핑계를 대듯 그렇게 말하고서, 상당히

---

* 한국의 추석 정도에 해당하는 일본의 명절.

오랜 시간 동안 영정을 바라보고 있었다. 합장을 하고 고개를 숙인 작은 뒷모습을 바라보고 있으려니, 점점 그 내부, 혹은 혼까지 전부 비쳐 보일 듯한 기분이 들어서 얼른 그 자리를 떴다.

부엌 쪽을 살펴보니, 유키가 조금 이른 저녁식사를 나를 채비를 하고 있었다. 유키는 다 알고 있었던 것이다.

나는 말없이 유키를 거들었다.

죽은 오빠가 좋아했었다는, 만가닥버섯과 닭고기를 넣고 지은 별미밥. 주걱으로 밥솥을 휘젓자 새하얀 김과 함께 만가닥버섯의 은은한 향기가 부엌에 피어올랐다. 내가 그릇을 꺼내고, 유키가 밥을 담았다. 자그마한 잔처럼 생긴 제사용 식기에도 그것을 담았다.

잠시 후에 엄마가 부엌으로 돌아왔다.

"끝났다."

"예."

유키는 가만히 대답하고 제사용 식기를 들고 간이 불단으로 향했다. 나와 엄마는 식사준비를 계속했다.

나는 별미밥을 거실의 테이블로 날랐다.

그 다음에 돼지고기 마늘종 볶음도 옮겼다. 이어서 유부

구이를 접시에 담고 있는데, 유키가 돌아왔다.

"다음 사람."

유키의 말에 나도 탁상으로 향했다.

방석에 무릎을 꿇고 조심스럽게 앉아서, 꽃향기를 깊이 들이마셨다.

촛대, 탁상, 식기. 전부 오늘 처음 보는 것들이었다. 이런 물건들이 대체 어디에 있었을까. 이사 올 때에는 전혀 눈치채지 못했었는데.

채를 손에 들고 경쇠를 살짝 두드려서 칭~ 하는 소리를 낸다.

천천히 소리가 잦아들고, 촛불이 흔들렸다. 향로의 향에서 한 줄기 하얀 선이 피어오른다. 금세 마음이 숙연해졌다.

간이 불단에는 받침대가 달린 액자가 두 개 세워져 있었다. 하나는 유키의 오빠 사진. 다른 하나는 아버지(아빠가 아니라 아버지, 라고 유키는 말했다)의 사진.

아버지는 옛날의 사나이 대장부 같은 표정으로 카메라를 향해 웃고 있었다. 해수욕장에서 찍은 스냅사진이었는데, 바위 위에서 무릎앉아 자세를 취하고 있었다. 오빠는 사춘기 특유의 부끄러워하는 듯한 웃는 얼굴이 사진에 찍혀 있다.

아버지의 만년필과 오빠의 교복 단추가 사진 앞쪽에 가지런히 놓여 있었다. 그 양쪽에는 조랑말이 장식되어 있다. 오이와 버섯에 꼬챙이를 꽂아서 만든 녀석이었다. 꼬리는 옥수수수염이다.

유키의 아버지는 유키가 아주 어릴 적에 심장병으로 돌아가셨다. 엄마는 회사 일을 하면서 오빠와 유키를 키웠지만, 그 사이 아들이 고등학교 시절에 폐병에 걸렸다. 오빠는 병이 발견된 지 나흘 뒤에 죽었다고 한다.

남자가 단명하는 집안이야, 하고 유키는 말했다.

비극이라고 하면 비극이지만, 간단히 말하자면 그게 우리의 인생이었어.

돌아가신 아버지와 오빠는 정말 불쌍해. 가끔씩 울고 싶어질 정도야. 하지만 분명히 말하는데, 나와 엄마는 전혀 불쌍하지 않아. 지금까지 살아 있어서 정말 행복하다고 생각하고 있어. 그러니까 터프하고 굳세게 살아갈 거야. 나도 엄마도.

나는 향에 불을 붙여서 향로에 꽂고, 합장했다.

처음 뵙겠습니다. 요번에 유키 씨와 결혼했습니다. 부디 잘 부탁드립니다.

눈을 뜨자, 아버지의 미소가 눈에 들어왔다. 여어, 자네가 마모루 군인가.

아버지는 붉은 수영 모자를 쓰고 있었다. 도저히 심장에 문제가 있는 사람으로는 보이지 않는, 여유 넘치는 미소를 짓고 있었다.

우리가 사귀기 시작한 지 이 년 정도 되었을 때, 유키에게는 어떤 만남이 있었다.

다른 특허사무소에서 일하는 젊은 변호사가 유키를 마음에 두고 있다가, 점심을 같이 먹게 되었을 때 고백했던 모양이었다.

유키를 이전부터 좋아했다는 것. 괜찮다면 결혼을 전제로 교제했으면 좋겠다는 것.

유키는 나와 함께 살고 있음을 상대에게 전했다. 상대는 그렇습니까, 하고 말했다고 한다. 하지만 당신의 제안은 잘 생각해보겠어요, 하고 유키는 말했다. 상대는 그렇습니까, 하고 대답했다고 한다.

난 그렇게 정중한 것에 약하거든. 유키는 그렇게 말했다. 한창 점심식사를 하던 중이었다는 점도 어쩐지 느낌이 좋았고 말이야.

"어떻게 생각해?"

유키는 나에게 물었다. 뭘 먹을래? 하고 물을 때와 똑같은 톤이었다.

결혼……

나는 생각했다.

그 사람은 딱 한 번 만나본 적이 있었다. 말할 것도 없이, 수입이나 사회적 지위는 나보다 그 사람 쪽이 더 높았다. 일 잘하고 성격도 사근사근하며, 논리적으로 문제를 풀어나갈 수 있는 사람이었다. 운동도 잘하고, 예절이나 도덕성을 소중히 여기며, 정장도 맵시 있게 차려입을 줄 안다. 나보다 키도 크고, 어려운 국가고시에도 합격했다.

나는 내가 그 사람보다 나은 점을 찾아보았다. 많지는 않았지만, 그중 하나는 얼굴이었다. 일반적인 기준으로 말하면 내 쪽이 핸섬했다. 그 부분은 이겼다.

"프러포즈야, 프러포즈."

유키는 즐거운 듯 말했다.

"갑자기 결혼 신청이라니, 설마 나에게 그런 일이 일어날 줄이야."

결혼……

그러나 나는 그런 생각을 하고 있을 계제가 아니었다.

"나는 유키를 좋아하니까, 유키가 다른 사람하고 결혼하는 건 아주 곤란해."

내 입에서 나온 말은, 의외로 정확하게 내 입장을 표현해주었다.

"네, 알겠습니다." 유키는 재미있어하는 얼굴로 그렇게 대답했다. "하지만 그 사람에 대해서는 진지하게 고민해볼 거야."

그리고 다음날 유키는 우리의 집에 돌아오지 않았다.

잘 생각해보기 위해서, 유키는 본가로 돌아갔던 것이다.

오빠가 좋아했다던 별미밥은 아주 좋은 향기가 났다.

나는 그것을 두 그릇 먹었다.

옛날에는 자주 먹었는데, 하고 엄마는 말했다. 오봉날에 만들기로 정한 후로는 일 년에 한 번밖에 먹을 수 없게 되었어.

"장인어른께선 뭘 좋아하셨나요?"

나는 물어보았다.

"그 사람은 뭐든지 잘 먹어서, 특별히 좋아한다고 하는 건 없었어요."

엄마는 그렇게 말했다.

"삼시세끼 꼭꼭 챙겨먹었죠. 게다가 밥을 몇 그릇씩이나 먹고도 이상하게도 배가 꽉 차본 적이 없다고 했었어요."

"그렇다면, 저 제사용 식기에도 좀더 꽉꽉 눌러 담는 게 좋지 않을까요?"

"그러네. 내년부터는 그렇게 해야겠어요."

엄마는 웃었다.

"하지만 정말로 배가 꽉 차본 적이 없었을까?"

"글쎄? 어떻게 됐든 밥상 위에 나온 것은 남김없이 깨끗이 비우는 사람이었으니까, 어쩌면 정말로 그랬을지도 모르지."

"그러면 우리 아버지는 밥 한 번 배불리 먹어본 적도 없이 돌아가셨다는 말이야?"

"그럴지도 모르겠는걸."

"우리 아버지는 밥 한 번 배불리 드셔보시지 못하고 돌아가셨습니다."

유키가 그렇게 말했다.

"잠깐, 얘. 그건 문제 아니니? 그러면 마음 편히 좋은 곳에 가실 수 없잖아."

"듣고 보니 그러네."

"괜찮아." 나는 말했다. "배가 꽉 차게 먹었다는 건 그냥 개념일 뿐이야. 사람은 먹는 것과 동시에 소화를 시작하니까. 그 돌고도는 관계를 인생이라 할 수 있지."

"그런 건 아무 상관 없잖아? 본인이 자기 입으로 배불리 먹어본 적 없다고 말한 거라고."

"그러면 유키는 배가 꽉 찰 때까지 먹어본 적은 있어?"

"당연히 있지."

"정말로 배가 꽉 찬 거였어? 밥알 하나 정도라면 먹을 수 있지 않았을까?"

"뭐, 그 정도는 들어갔겠지."

"그런 거야. 그건 사실은 배가 꽉 찬 게 아니야."

"그렇구나." 유키는 알았다는 듯이 말했다. "그렇다면 나도 아버지처럼 배불리 먹어본 적은 없어."

"그런 거라고. 우리 모두, 배가 꽉 차본 적은 없어."

나도 오랜만에 썩 괜찮은 이야기를 한 것 같다.

"그 얘길 들으면, 그 사람도 안심하고 좋은 곳에 가실 수 있을 거야."

엄마는 웃으면서 말했다.

"조금 있다가 다같이 뵈러 가자."

본가에 돌아간 유키는 생각했다.

생각하기 위해서라고 말했지만, 생각할 만한 것은 아마 별로 없었을 것이다. 원래부터 유키는 느낌이 오는 대로 바로바로 판단하고 결정하는 스타일이다. 유키는 그저 생각하고 싶었던 것뿐이지, 고민하고 있던 것은 아니었다.

유키는 마이코 씨에게 전화해서 일이 돌아가는 상황을 설명했다. 능숙한 상담자인 마이코 씨와 유키는 이런 식의 이야기를 나누지 않았을까.

— 받아들인다면 역시 그, 보잘것없는 사람입니다만 부디 오래도록 잘 부탁드립니다, 같은 말을 하면서 공손히 절해야 할까?

—그건 첫날밤에 하는 말이잖아? 그냥 평범하게 말해도 될 것 같은데.

—이쪽은 아주 정중한 대답을 들려주고 싶다고.

—감사합니다. 삼가 받아 맡겠습니다, 라던가?

—그건 씨름선수가 천하장사에 등극할 때 하는 소리 같잖아.

어쩌면 그 밀약도 이때 같이 이루어졌는지도 모른다.

—저기 말이야, 만약 내가 결혼하게 되면 마이코도 동시에 결혼하자. 그 왜 있잖아, 저번에 말하던 카메라 쪽 일한다는 사람. 그 사람 괜찮던데.

이를 테면 유키에게 'A 혹은 B' 라는 선택지가 있다고 하자. 그리고 유키의 희망이나 의지가 이미 A를 선택하고 있다고 가정하자. 유키는 그럴 때에 하는 도박이야말로 의미가 있다고 강하게 주장했다.

—B에게도 공평하게 기회를 주는 거야. 그런 상황에서 승리를 얻으면 선택에 새로운 가치가 생기게 되잖아.

나는 잘 이해할 수 없었다. 결정이 안 날 때에 제비뽑기나 가위바위보로 정하는 거라면 알겠는데……

그렇게 말하자 유키는 이상하다는 얼굴을 했다. 어느 쪽에도 걸지 않는 도박은 재미없지 않아?

그러면 B가 승리한다면 어떻게 되는데? 내가 묻자, 그때는 그때지, 하며 유키는 음흉한 표정으로 웃었다.

—물론 나 나름대로 이길 거란 계산은 있어.

유키는 마지막으로 엄마에게 상담했다. 우리 두 남자의 사진을 나란히 보여주면서.

"어느 쪽이 나아 보여?"

유키는 도박을 한 것이다. 자신의 선택에 부가가치를 부여하기 위해서. 그에게도 공평하게 기회를 주기 위해서. 이것은 '엄마에게 묻는다' 라는, 수준 높은 승부였다.

유키의 어머니는 여느 때처럼 아주 진지한 얼굴로 곰곰이 생각했다. 그리고 그녀의 인생 속에서 배양된, 순도 높은 대사를 토했다.

"나는 이쪽 사람이 좋아 보여." 그렇게 말하며 엄마는 한 쪽 사진을 가리켰다. "근육 같은 것에 혹하면 안 돼. 정말로 건강한 사람은 운동 같은 건 안 하거든. 뽀얀 피부에 마른 체격에다가, 감기? 그러고 보니 요 몇 년간 걸려본 적이 없네, 이러는 사람이 제일 오래 살기 마련이야."

엄마는 오랫동안 가다듬어온 지론을 전개했다. 그렇다. 무엇보다 중요한 것은 오래 사는 것, 즉 장수하는 것이었다.

"양쪽 다 괜찮아 보이는 분들이지만," 엄마는 아주 진지한 투로 말했다.

"나는 이쪽 사람이 좋겠어."

유키의 어머니는, 나를 강하게 추천했다.

그리고 유키는 생각을 위한 여행을 끝마쳤다.

밥을 다 먹은 우리는, 마지막으로 다함께 불단 앞에서 합장을 했다.

오늘의 별미밥과 마늘종 볶음은 정말로 맛있었다.

우리는 순서대로 목욕을 했다. 엄마는 자기 방으로 돌아가고, 유키는 드라이어로 머리를 말렸다. 나는 캔맥주를 마시면서 텔레비전 문자 뉴스를 보았다.

14일에 ○○현 △△시 동물원에서 미국너구리 두 마리가 동물원을 탈출, △△서와 시청의 직원들 약 구십 명이 수색에 들어갔다.

동물원 측에 따르면 탈출한 것은 어미 미국너구리(네 살)와 새끼 미국너구리(한 살) 두 마리로, 14일 오전 열시 경 사육사가 상태를 체크하러 가보니 아빠 미국너구리만 혼자 낮잠을 자고 있었다. 우리의 철망에는 세로 십 센티미터, 가로 이십 센티미터 정도의 구멍이 뚫려 있었다고 한다.

동물원 측은 14일 오후부터 임시휴업에 들어갔으며, 경찰견을 동원하는 등 수색에 나선 끝에 인근 민가 근처에서 새끼 미국너구리 한 마리를 발견했다. 그러나 어미 미국너구리는 발견하지 못해 일곱 명의 직원이 번갈아가며 철야로 동물원 내와 주위를 수색했고, 다음날인 15일 오전 여섯시 경, 인근 대나무 덤불에 숨어 있던 것을 직원 약 스무 명이 둘러싸서 포획했다.

미국너구리는 새끼일 때는 애교 있는 생김새로 애완동물로서 인기가 있지만, 잡식성인데다가 성격이 사나워서 사육은 어렵다. 이 동물원에서는 올해 2월에도 사바나몽키가 탈출한 적이 있다.

……사바나몽키.

언젠가 유키에게 물어본 적이 있다.

만약 그때 엄마가 다른 쪽을 선택했다면 정말로 그와 결혼할 생각이었느냐고.

"그거야 뭐, 그렇게 되지 않았을까."

유키는 비교적 간단히 대답했다.

"뭐?!"

내가 항의하자 그녀는, 하지만 어쩔 수 없잖아, 하고 말했다.

"어쩔 수 없다니."

나는 가만히 중얼거렸다.

"아니, 그래도 말이야." 유키가 핑계대듯이 말을 이었다. "나한테는 이길 수 있단 계산이 있었어."

"아무리 그렇다 쳐도, 그건 좀 이상하지 않아?"

"뭐 어때. 우리는 이겼잖아."

유키는 후후후후, 하고 음흉하게 웃었다.

"나중에 돌이켜보며 웃을 수 있다는 게 승리의 좋은 점이야."

우리는 침대에 누워서 손을 맞잡았다.

베드라이트를 끄자, 방 안에는 간단히 암흑이 가득 찼다. 어둠에 눈이 익숙해져 천장의 조명기구가 보이기 시작할 때까지, 나는 눈을 뜨고 있었다. 우리는 항상 여기서 많은 이야기를 했다.

조용한 밤이었다. 우리는 계속 천장을 바라보았다.

"별미밥, 맛있었어."

나는 말했다.

"응."

유키가 대답했다. 나는 눈을 감았다.

—삼천 세계의 까마귀를 죽이고, 그대와 늦잠을 자보고 싶구나.

유키가 맑은 목소리로 그렇게 읊었다.

이따금씩 유키는 이 시를 읊는다. 다카스기 신사쿠가 유곽에서 읊었던 시라고 한다. 유키는 사극 마니아다.

나는 유키의 손을 고쳐 잡았다. 유키도 꾹 하고 손에 힘을 실었다.

"잘 자."

유키가 말했다.

◇

장마가 끝나고, 여름이 되었다.

그 무렵 나는 오실로스코프의 매뉴얼을 작성하고 있었다. 오실로스코프는 전압을 계측해서 화면에 파형으로 표시하는 측정기인데, 줄여서 '오실로'라고 부른다.

나는 대리점에 납기일 건으로 확인 전화를 했다. 듣기 좋은 목소리의 여성이 담당자에게 연결해주고, 협의는 간단히 끝났다. 나머지는 평소처럼 잘 부탁드립니다, 하고 담당자가 말했고, 우리는 인사를 나누고 전화를 끊었다.

방금 적었던 메모를 탁상달력 옆에 붙여놓고, 나는 마감일까지의 날짜를 꼽아보았다. 이 일이 끝나면 유키와 일정을 맞춰서 여름휴가를 보내기로 했다.

나는 달력에 필요한 내용을 적어놓고 다시 PC 앞에 고쳐 앉았다. 화면을 바라보면서 진하게 끓인 커피를 입에 가져갔을 때, 그 전화가 걸려왔다.

"……여보세요."

마이코 씨의 목소리였다. 내가 대답하자 마이코 씨는 가느다란 목소리로 아, 하고 말했다.

"……갑자기 전화드려 죄송합니다. 지금 바쁘신가요?"

마이코 씨는 억양이 없는 목소리로 말했다. 사무실에서 거는 전화라는 것을 분위기로 알 수 있었다. 먼 대륙에서 걸려온 전화처럼 들리기도 했다.

"아뇨, 지금은 괜찮습니다."

"실은요……"

전화 너머에서 마이코 씨가 작게 숨을 들이쉬는 것이 느껴졌다.

"……나오토 군이 집에 안 들어왔어요."

"나오토 군."

나는 그렇게 중얼거렸다. 나오토라는 이름이 요시다라는 성으로 이어질 때까지, 약간의 시간이 걸렸다.

"어젯밤부터 집에 돌아오지 않았는데, 책상을 봤더니 메모가 있었어요. '열흘 정도 집을 비웁니다. 반드시 돌아오겠습니다. 걱정하지 마세요' 라고요."

"엥?" 나는 놀라서 말했다. "가출했다는 말씀인가요?"

"네에," 마이코 씨는 가느다랗게 말꼬리를 끌었다.

나는 요시다 군의 얼굴을 떠올려보았다. 주말이 되면 카메라를 분해하는 요시다 군. 의친구. 가출. ……가출?

"뭔가 짚이는 곳은 없습니까?"

아주 전형적인 대사가 입에서 튀어나왔다.

"전혀요." 마이코 씨가 가녀린 목소리로 말했다. "그래서 말인데, 나오토 군의 회사에 전화를 해주셨으면 해서요. 어쩌면 출근했을지도 모르니까."

"예."

"제가 전화해도 괜찮겠지만, 본인이 쉬는 날에 가족에게서 전화가 오는 것도 이상하잖아요?"

"알았어요. 바로 걸어보죠."

죄송하지만 꼭 좀 부탁드려요, 하고 마이코 씨는 말했다.

—오카야스 전기, 기기사업부, 기술1과. 0, 4, 5, 2, 8, ……0.

나는 메모했다.

“확인하는 대로 바로 연락드리겠습니다.”

“예, 부탁드려요.”

마이코 씨는 낮은 목소리로 말했다.

짤깍, 하고 전화가 끊어지는 소리가 났다.

뭔가가 끝나고, 뭔가가 시작되는 소리 같았다.

우리는 긴자에 있는 거대한 비어홀에 모여 있었다.

미니 스테이지에서는 칸초네가 한껏 분위기 있게 연주되고, 한 무리의 피에로가 음악에 맞춰서 테이블 사이를 돌아다니고 있었다.

우리 테이블에 찾아온 피에로들은 유키에게 막대를 쥐여주더니, 그 끄트머리에 접시를 올려놓고 회전시켰다. 어, 어, 어, 어, 하면서 유키가 접시가 올려진 막대를 받쳤고, 피에로는 파티용품으로 뿌뿌 요란스런 소리를 내면서 시끄럽게 떠들어댔다.

풍선으로 만든 푸들을 마이코 씨에게 선물하고, 피에로는 윙크를 하고서 떠나갔다.

"모든 것이 싫어진 요시다 군."

시끄러운 가게 안에서 유키가 말했다. 우리는 딱 기분좋게 취해 있었다.

"요시다 군은 정처 없는 여행을 떠났습니다."

마이코 씨도 그런 소리를 했다.

"어떤 사건에 휘말려들었는지도 몰라."

나도 한마디 거들었다.

"으음." 유키는 잠깐 신음했다. "전부 다 어쩐지 확 와 닿지 않는걸."

요시다 군의 실종에 대해, 우리가 알고 있는 사실은 정말 보잘것없었다.

오카야스 전기의 직원에 의하면, 요시다 군은 장기휴가제도와 여름휴가를 합쳐서 총 십육 일의 휴가원을 제출했다고 한다. 오늘은 휴일 삼 일째에 해당한다.

이렇다 할 징후는 없었지만, 가출하기 전날에 요시다 군은 "마이코 씨를 좋아한다"라는 뜻으로 받아들일 수 있는 말을 했다고 한다. 본가에 돌아간 게 아닐까 하는 생각도 했지만, 그건 여러 가지 사정 때문에 있을 수 없는 일인 모양이었다. 그리고 아마도 정밀 드라이버 세트를 가지고 나간 듯했다.

정밀 드라이버를 가지고 갔다는 얘기는 어딘가에서 카메라를 분해하고 있다는 얘기가 되는데, 그렇다면 왜 가출한 건지 전혀 감이 잡히지 않았다.

"빚쟁이들로부터 도망친 요시다 군." 유키가 말했다.

"국가기밀을 알아버린 요시다 군." 내가 말했다.

"사랑의 도피를 떠난 요시다 군." 마이코 씨가 말했다.

"훔친 오토바이로 질주하는 요시다 군."

"콘크리트 정글 한가운데서 무릎을 끌어안고 쪼그려앉아 있는 요시다 군."

"일본일주에 나선 요시다 군."

"달로 돌아간 요시다 군."

"미로에서 울부짖는 요시다 군."

"수술을 두려워하는 아이를 위해서 홈런을 약속한 요시다 군."

"주사를 싫어하는 요시다 군."

우리는 단지 '요시다 군'이라고 말하고 싶은 것뿐이었다.

—오 솔레 미오! (나의 태양이여!)

미니 스테이지에서 한층 큰 소리로, 귀에 익숙한 구절이 귓가에 날아들었다.

— 스탄 프론테 아 테! (비추어주오!)

"그러면, 그런 요시다 군을 위해."

유키가 맥주잔을 치켜들었고, 나와 마이코 씨도 따라 했다.

"건배!"

우리는 큰 소리로 몇 번째인지 모를 건배를 했다.

맥주잔 속에서 약간의 거품을 남긴 황금색 액체가 출렁, 하고 흔들렸다.

우리는 제각기 맥주를 마시고, 소시지와 풋콩을 입에 넣었다. 정말로 요시다 군은 지금쯤 어디서 뭘 하고 있을까. 유키가 근처를 지나가던 나비넥타이에게 생맥주를 추가로 주문하고, 마이코 씨도 거기에 편승했다. 생맥주 둘. 그리고 저먼 포테이토.

"지금쯤 요시다 군은 뭘 하고 있을까."

나는 그렇게 말해보았다.

"미로에서 울부짖고 있을 거야."

마이코 씨가 대답했다. 우리는 칸초네 음악 소리를 배경으로 웃었다.

"아까부터, 참 이리저리 까이네."

"괜찮아." 마이코 씨가 말했다. "지금은 더이상 걱정 안 하겠다고 결심했지만, 처음에는 엄청 걱정했고 무지하게 동요했었으니까."

"하지만 요시다 군은 휴가가 끝나면 분명히 돌아올 거야."

"응."

"돌아온 다음에 아주 꼬치꼬치 캐물어서, 시답잖은 이유였다면 몇 대 패주면 돼."

"시답잖은 이유라니?"

"음~" 유키는 잠시 생각에 잠겼다. "무슨 소릴 들어도 그렇게 들릴지도 모르겠다."

"잠깐 달에 돌아갔다 왔다고 하면 용서해주자."

"그건 어쩔 수 없겠네."

"애초에 가출이란 건 말이야,"

유키가 그렇게 이야기를 시작하려던 차에, 나비넥타이가 맥주를 들고 나타났다. 나비넥타이는 테이블 마술이라도 하는 것처럼 최소한의 동작으로 두 개의 맥주잔을 탕, 하고 내려놓았다. ―생맥주입니다.

나비넥타이는 입가에 자연스럽게 머금은 웃음을 순간적으로 우리의 머릿속에 각인시키고, 한 걸음 뒤로 물러서서 빙글 돌더니 바람을 가르듯이 떠나갔다.

유키와 마이코 씨는 둘이서 건배하고, 힘차게 맥주잔을 기울였다.

"애초에 가출이란 건, 그 다음엔?"

나는 이어질 이야기를 재촉했다.

"응." 유키는 조용히 맥주잔을 내려놓았다. "가출에는 세 가지 종류가 있어."

십오 년 동안 청소년의 가출 문제에 대해 연구해온 가출연구가 가시와기 유키입니다, 하는 느낌으로 유키는 이야기를 시작했다.

"우선은 트러블로부터 도망치는 것을 목적으로 한 가출. 빚이나 범죄에 얽혀 있는 거지. 키워드는 북쪽."

"북쪽?"

"그래, 이런 타입의 가출이 향하는 곳은 대개 북쪽이야."

"그렇군."

"그리고 두번째는 사춘기 전후의 청소년 가출. 누군가를 걱정하게 만들고 싶다든가, 간섭에서 탈출하고 싶다든가, 뭐 그런 거지. 대개는 진짜로 가출하기 전에 좌절하거나, 계획만으로 만족해버리거나 해. 계획을 세울 때까지가 가출이기도 하고, 남겨둘 편지를 쓰는 과정까지가 가출이기도 하지. 키워드는 여름."

"여름에 많다는 거야?"

"그래. 그리고 행선지는 대도시. 꼭 도쿄는 아니라도, 아무튼 대도시."

"최근에는 위장가출이란 것도 많다지."

"친구 집을 전전하다가 가끔씩 집에 돌아가는 거 말이지?"

"그런 건 단순한 무단 외박이야. 가출이 아니라고."

똑같이 취급하지 말라는 듯한 얼굴로 유키가 말했다.

그러던 중, 유키의 시선이 내 대각선 뒤쪽으로 움직인다 싶더니 그 방향에서 다시 나비넥타이가 나타났다. 실례합니다, 하고 말하며 그는 저먼 포테이토를 테이블에 내려놓았다.

나는 그에게 빈 맥주잔을 들어 보이면서 맥주를 추가 주문했다. 그는 내 잔을 회수하고, 다시 우리의 기억에 웃음을 남겨놓고는 바람처럼 사라져갔다.

"세번째 가출은 뭐야?"

마이코 씨는 베이컨을 집었다.

"응. 세번째는, 본능적인 가출."

유키는 맥주를 한 모금 마셨다.

"이유도 없는데 가출하는 사람이 실제로 있잖아?"

"〈벌거벗은 대장 방랑기*〉 같은 거?"

"아아, 그건 그냥 라이프스타일이지."

"미토 미쓰쿠니**도 방랑벽이 있잖아."

"응, 그건 진짜 방랑벽이야."

"혼자서는 아무것도 못 하는 주제에 말이야."

"아는 사람이 그러는데," 유키는 말했다. "여행 프로그램을 같이 보다보면, 이상하게 안절부절못하는 사람이 있대. 문득 정신이 들고 보면 짐을 챙기고 있다나. 그리고 말리지 않고 놔두면 정말 여행을 떠나버린대. 이해는 잘 안 가도, 어쩐지 은근히 와 닿는 게 있잖아? 이유 없는 가출은 결국 본능이 아닐까 해. 수컷 늑대는 다 자라면 어느 날 갑자기 무리에서 나간다잖아. 그런 거랑 비슷하지 않나 하는 생각이 들어."

"무리에서 나가는 자."

마이코 씨가 나직이 말했다.

"우리는 남고, 나오토 군은 나갔다."

---

* 방랑벽이 있는 학생 기요시가 주인공인 80년대 일본 드라마.

** 에도 시대 미토 번의 영주였던 도쿠가와 미쓰쿠니의 별칭. 일명 미토 고몬. 일본 각지를 돌아다녔다는 전설이 있다.

다시 나비넥타이가 나타나서 맥주잔을 테이블에 내려놓았다. 꽤 빠르네, 하고 나는 생각했다. 생맥주입니다, 하고 그는 조용히 말했다.

"……어떡하지."

나비넥타이가 떠남과 동시에 마이코 씨가 중얼거렸다. 마이코 씨는 맥주잔의 손잡이를 가볍게 쥐고, 황금색 액체의 저편을 바라보고 있었다.

우리는 마이코 씨가 무슨 말인가 하기를 기다렸다. 하지만 그녀는 조용히 눈을 내리깔고 얇은 입술을 다문 채 말없이 있을 뿐이었다. 지금까지 맥주 한 모금도 마시지 않은 것처럼 보이는, 하얗고 청초한 얼굴이었다.

"……이대로 나오토 군이 돌아오지 않으면 어떡하지."

고개를 든 마이코 씨가 유키를 똑바로 바라보며 말했다.

"걱정 마. 이번 케이스는 괜찮아."

가출평론가 유키는 힘주어 말했다.

"그래요, 어쩌면 단순한 무단 외박일지도 모르고."

나도 말했다.

마이코 씨는 내 쪽을 흘끗 보더니, 맥주잔을 자기 몸 가까이 가져가고서, 다시 시선을 내리깔았다.

"……어떡하지."

마이코 씨는 아주 작은 목소리로 다시 되뇌었다.

그리고 그녀는 믿을 수 없을 만큼 아름다운 동작으로 맥주를 마셨다.

마이코 씨의 손끝에 서서히 힘이 들어가면서 천천히 맥주잔이 들어올려졌다. 아랫입술이 맥주잔 가장자리에 닿고, 이어서 윗입술이 그것과 포개지듯이 덧대어졌다. 테이블과 맥주의 액면이 평행을 유지한 채로, 맥주잔만이 완만하게 기울어진다. 이윽고 액체는 마이코 씨의 입술을 타고, 밀려오는 하얀 파도처럼 빨려들어갔다.

마지막으로 마이코 씨의 목이 꿀꺽, 하고 움직였다.

그 일련의 동작에는, 물체에 힘을 가했을 때 생겨야 할 반작용이란 것이 보이지 않았다. 유키가 입을 벌리고 마이코 씨를 바라보고 있었다.

"……어떡하지."

그렇게 다시 마이코 씨가 말했을 때는, 우리도 같은 생각을 하고 있었다.

어, 어떡하지……

이럴 때 나비넥타이가 와주면 좋을 텐데, 하는 생각이 들었다. 소리도 없이 나타난 나비넥타이가 마이코 씨에게 특별한 카드를 내민다. 적혀 있는 내용은 뭐든 상관없다. 누구나 납득할 만한 격언 같은 거라도 좋고, 암호 같은 문구라도 좋다. 그 암호를 풀면 요시다 군이 있는 곳이 나타난다, 그런 매직 카드.

내가 있을 리 없는 기적을 몽상하고 있는 동안, 유키는 재빨리 생각을 정리한 모양이었다.

"좋았어." 유키가 입을 열었다. "여행을 떠나자."

유키는 내일을 향해 선언했다.

"요시다 군을 찾으러 가는 거야."

시원시원한 목소리로 유키는 말했다.

"그래!"

나도 큰 목소리로 동조했다.

"아니, 차라리, 우리가 가출하는 거야."

"그거야!"

"가출에는 가출. 질문에는 질문. 꽃다발에는 꽃다발이지."

"옳거니!"

"하지만 당한 걸 되갚아주자는 건 아니야."

유키는 마이코 씨를 다정한 눈길로 바라보았다.

"우리의 가출 목적은, 어디까지나 요시다 군을 찾는 거야."

마이코 씨가 천천히 고개를 들었다.

"……나는 온천에 가고 싶어."

"그거 좋네. 온천이라면 요시다 군도 있을지 몰라."

"그러면, 모두 함께 휴가를 잡자."

"마이코는 휴가 낼 수 있어?"

"응, 괜찮아."

마이코 씨가 맥주잔을 향해 손을 뻗었기 때문에, 나와 유키는 재빨리 그 모습을 주시했다.

특별할 것 없이 자연스럽게, 마이코 씨는 맥주를 마셨다. 이번에는 보통이었다. 마이코 씨는 맥주잔을 내려놓고서 빙긋 웃었다.

"나오토 군이 돌아왔을 때는 내가 가출중인 거네."

멀리 떨어진 테이블에서 누군가가 손피리를 불었다. 이어서 박수와 교성이 터져나왔고, 이어서 다시 한번 손피리 소리가 났다. 모임의 주역인 듯한 사람이 모두를 상대로 큰 목소리로 인사를 하고 있었다.

어떤 인생을 걸어와야 손피리 같은 걸 불 수 있게 되는 걸까, 하고 나는 생각했다. 그런 것은 누구에게 배운 적도 없고, 아마 앞으로도 배울 일은 없을 것이다.

유키는 수첩을 꺼내서, 여름휴가를 앞당길 것인지 연장할 것인지에 대해 뭐라고 웅얼거리며 검토하기 시작했다. 마이코 씨는, 역시 편지를 남기는 건 기본이겠지? 하며 즐거운 듯 재잘댔다.

어느샌가 칸초네 악대가 퇴장하고, 대신 독일 민요 같은 것이 스피커에서 흘러나왔다.

◇

하지만 결국 나는 가출에 참가할 수 없었다.

오실로스코프 매뉴얼과 관련해 추가 주문을 받은 것이다. 다른 담당자가 펑크를 낸 부분을 메우는 일로, "정말로 뭐라 드릴 말씀이 없습니다만, 부디 좀 맡아주시지 않겠습니까?" 하는 스타일의 의뢰였다.

그 일을 떠맡게 되면 제대로 된 여름휴가를 보내기가 극히 곤란해질 것 같았다. 원래는 떠맡지 않으려 했지만, 담당자는 어째서 이런 사태가 되었는가를, 그리고 내가 그 일을 맡지 않으면 곤란한 처지에 빠진다는 것을 구구절절이 호소했다.

물론 담당자가 하나의 테크닉으로서 그런 식으로 이야기하는 거란 것은 알았지만, 결과적으로 나는 수락했다. 나는 어찌됐든 전력을 다해 일을 처리하고, 일을 끝마친 뒤에 유키 일행과 합류하기로 계획을 전환했다. 유키에게 그 사실을 전하자 "뭐, 부부가 동반가출할 것까진 없지" 하는 대답이 돌아왔다.

유키의 일은 늘 바쁘지만, 특정한 시간에 반드시 회사에 있어야 하는 타입의 일은 아니었다. 때문에 휴가 일정은 비교적 자유롭게 잡을 수 있었다. 오봉 연휴에 붙여서 오 일간의 유급휴가를 얻었다는 마이코 씨의 연락을 받은 유키는, 마이코 씨와 같은 기간에 휴가를 신청했다.

유키는 이곳저곳에 전화를 걸어서 오 일 동안 묵을 숙소를 예약했다. 가루이자와에서 이박, 만자에서 이박, 구사쓰에서 일박. 여름이야말로 고원의 온천, 그것이 유키와 마이코 씨의 콘셉트인 모양이었다.

그로부터 며칠 동안 나와 유키는 일에 집중했다. 유키는 귀가가 매일 늦었고, 가끔씩은 집에까지 일거리를 들고 오기도 했다.

귀성 러시에 관한 뉴스가 텔레비전에서 흘러나오기 시작했다.

영상만으로는 작년에 봤던 것들과 별 차이 없었다. 신칸센 플랫폼에서, 목적지에 도착하면 뭘 하고 싶으냐고 어린아이에게 묻는다. 어린아이는 고개를 갸웃거리다가 장난기 어린 얼굴로 "음~ 쉬고 싶어요" 하고 대답한다. 화면이 스튜디오로 바뀌면, 여성 아나운서가 놀라움과 미소가 섞인 완벽한 맞장구를 친다. 그런 것에 웃거나 감탄하는 어른이 있기 때문에 어린아이들이 그런 대답을 하는 것이다.

유키는 오봉 연휴 첫날은 회사에 출근해서 그날중에 8월의 일을 매듭짓고 왔다. 나머지는 휴가가 끝난 다음에 열심히 구르면 돼~ 하는 말을 남기고, 그녀는 한참 동안 욕실에 들어가 있었다.

유키는 나의 뺨에 키스를 하고 먼저 잠자리에 들었다. 나는 계속해서 키보드를 두드렸다.

다음날, 유키와 엄마는 함께 니혼바시의 백화점으로 장을 보러 갔다.

나는 계속해서 키보드를 두드렸다. 평소에는 신경 쓰이고 짜증났던 인근의 맨션 공사도 오봉에는 쉬는 모양이었다. 에

어컨이 이따금씩 슈르슈르슈르 하고 물 흐르는 듯한 축축한 소리를 토해냈다.

시계를 보니 두시가 지났기에 냉우동을 만들기로 했다.

마른 면을 펄펄 끓는 물에 가볍게 삶다가 재빨리 건져서 소쿠리에 넣는다. 흐르는 물로 열기를 뺀 다음 얼음물에 담근다. 날계란에 생간장을 조금 섞는다. 그것을 차가운 우동에 뿌린다. 마지막으로 참깨와 튀김조각을 뿌린다. 그렇게 하면 좀처럼 상상하기 힘들 정도로 맛있는 냉우동이 만들어진다. 이름은 '내 맘대로 우동' 이다.

나는 계속해서 키보드를 두드렸다. 몇 시간인가 지나자 유키와 엄마가 돌아왔다. 앨범 정리를 위한 바인더와 데님 재질의 진베이*와 캄파뉴 빵을 사온 모양이었다. 진베이는 나에게 주는 선물이었다.

"어머, 역시 잘 어울리네."

그것을 입은 나를 보며 엄마가 말했다.

"응, 정말."

유키도 말했다.

---

* 일본 전통 의복중 하나. 품이 넉넉하고 통기성이 좋아 주로 여름에 남자나 어린아이가 입는다.

고맙다는 말을 하고, 다시 키보드를 두드렸다. 유키와 엄마는 거실로 돌아가서 앨범 정리를 시작했다.

저녁식사 때, 유키가 사진을 보여주었다.

어릴 적의 유키는 입가가 가냘파서 귀엽네, 하며 보고 있으려니, 입, 입 하는 소리가 옆에서 들렸다. 가만히 보니 나도 어린 시절의 유키와 마찬가지로 오리 같은 입모양을 만들고 있었다.

사진 속의 젊은 엄마는 뭐랄까, 좀 포동포동했다. 한쪽 다리를 가볍게 앞으로 내밀고 모델처럼 서 있는 사진이 많았다. 옛날 사람들이 사진 찍을 때 취하는 포즈였다.

아버지는 평소처럼 젊고 건강미 넘치는 모습으로 찍혀 있었다. 건장한 체격과 곁눈질하는 눈빛이 인상적으로, 옛날 사람들이 사진 찍을 때 취하는 포즈였다.

오빠는 그 나이대의 아이 같은 느낌이었지만, 어딘지 모르게 지금의 유키와 비슷한 인상이 느껴졌다.

다음날, 재빨리 여행 준비를 마친 유키는 다시 앨범 정리를 시작했다. 엄마는 아는 사람 집에 초대를 받아 외출했다. 나는 진베이를 입고 PC 앞에 앉았다.

텔레비전 안에서는 벌써부터 귀향 러시가 시작되고 있었다. 아나운서가, 벌써부터 귀향 러시가 시작되었습니다, 라고 말했다. 출발 준비를 하는 신칸센과 깊은 잠에 빠진 어린아이. 작은 수트케이스와 커다란 선물 꾸러미.

여행은 어땠니? 하는 질문을 받은 어린아이가 "으음" 하고 살짝 고개를 숙이고 치켜뜬 눈으로 이쪽을 보며 망설이다가, "피곤해요" 라고 대답했다. 화면이 스튜디오로 바뀌자, 또 여성 아나운서가 완벽한 맞장구를 쳤다. 그런 것에 웃거나 감탄하는 어른이 있는 한, 어린아이는 그렇게 대답하기 마련이다.

유키는 오 일간 머무를 숙소의 주소와 전화번호를 쓴 종이를 나에게 건네며 "될 수 있는 한 빨리 와" 하고 말했다. 나는 기대에 부응하기 위해 쉴새없이 키보드를 두드렸다.

다음날 유키가 우에노 역으로 출발하기 전에 남긴 "갔다 올게" 하는 말이, 정말로 가출하는 것처럼 들려서 한동안 귓가에 맴돌았다.

◇

"둘이서 저녁을 먹는 건 처음이네요."

쩍, 하고 나무젓가락을 둘로 가르면서 엄마가 말했다.

"그러네요."

나는 대답했다. 쩍.

밥그릇 뚜껑을 열자, 희미한 김과 함께 달콤한 향기가 피어올랐다. 주문배달시킨 닭고기계란덮밥은 한가운데에 참나물이 살살 뿌려져 있었다. 완두콩이 아니라서 다행이야, 하고 나는 속으로 중얼거렸다.

우리는 묵묵히 닭고기계란덮밥을 먹었다. 둘이서 먹는 저녁식사에는 나무젓가락으로 먹는 닭고기계란덮밥이 잘 어울렸다. 달콤하고 부드러우며, 육즙이 잘 배어 있다.

"좀 달착지근하네요."

엄마가 툭 하고 던지듯 말했다.

"너무 단가요?"

"그런 건 아니지만."

엄마는 젓가락을 내려놓았다.

"……오늘밤도 계속 일할 건가요?"

"예, 자기 전까지 할 거예요."

"그렇군요."

차분한 목소리로 말하고 나서 엄마는 진지한 표정으로 뭔가를 생각하더니, 잠시 후에 입을 열었다.

"맥주 한잔 마시지 않을래요?"

"그거 좋네요. 가져올게요."

나는 재빨리 일어나서 맥주와 컵을 가지러 갔다.

너무 단 것은 아니지만 닭고기계란덮밥이 달착지근하다. →그러니까 맥주가 마시고 싶다. →하지만 혼자서 맥주 한 캔은 너무 많다. →그래, 마모루 씨에게 같이 마시자고 하자. →마모루 씨는 오늘밤도 일을 한다. →하지만 한 잔 정도라면 괜찮다.

완벽하다. 나는 그렇게 생각하며 내심 감탄했다. 엄마의 논리는 진중하고 느긋하고 건전하게 전개된다.

테이블로 돌아와서 신중하게 맥주를 따랐다.

맥주 캔도 수많은 특허의 집합체야, 라던 유키의 말이 떠올랐다. 캔을 성형하기 위한 제조법, 라벨을 인쇄하기 위한 연구, 캔 주둥이의 형상, 액체 충전 기술, 밀봉방법……

다 따라진 맥주는, 거품과 액체의 밸런스가 전에 없이 완벽하게 잡혀 있었다. 칠 대 삼의 황금비율. 완성된 그것을 엄마에게 넘기고, 내 컵에도 그것을 재현하기 위해 신경을 쏟았다.

무슨 염력이라도 보내듯이 엄마는 가만히 지켜보았다.

거의 합격점을 받을 수 있을 정도로 맥주를 다 따르고 나자, '첫물 맥주' 라고 써진 특허의 집합체가 처음보다 상당히 가벼워졌다.

"건배하죠."

엄마가 그렇게 말했고, 우리는 건배했다.

딱 알맞은 온도의 시원한 맥주를 기분좋게 단숨에 쭉 들이켰다. 실제로도 그것은 닭고기계란덮밥과 아주 잘 어울렸다. 맛있네, 하고 유키의 어머니도 말했다.

그녀는 자신의 컵에 맥주를 덧따랐다. 흘러 떨어지는 액체는 점차 약해지더니, 마지막에는 방울이 되어 뚝뚝 떨어졌다.

툭, 하는 가벼운 소리를 내며 캔이 테이블에 놓였다.

엄마는 다시 덮밥 쪽을 돌아보았다. 다시 한번 결판을 내겠다는 듯한 분위기였다. 무엇을 하더라도 항상 '대결'이라는 단어가 잘 어울리는 사람이었다. 우리는 묵묵히 닭고기계란덮밥을 먹었다.

"마모루 씨는 언제 출발하나요?"

"예정은 내일 모레입니다. 늦어도 삼 일 뒤에는 출발해서 구사쓰에서 합류하려구요."

덮밥을 다 먹고 나자 엄마는, 차를 마시죠, 하면서 차를 끓일 준비를 시작했다. 우선은 포트에서 찻잔에 뜨거운 물을 붓는다.

"그건 그렇고," 나는 말했다. "최강의 동물은 뭐라고 생각하시나요?"

나는 때때로 이 사람에게 이런 식의 뜬금없는 질문을 던지곤 했다.

"……최강?"

엄마는 놀란 얼굴로 나를 보았다. 데워지고 있는 찻잔에서 엷은 수증기가 올라오고 있었다. 최강, 이라고 중얼거리면서 그녀는 시선을 떨어뜨렸다.

다관에 더운 물을 부어넣은 그녀는, 동물, 하고 중얼거리면서 뚜껑을 덮었다.

잠시 재워두었던 그것을 수평으로 빙글 돌리고 나서, 두 개의 찻잔에 교대로 따랐다.

최강의 생물…… 중얼거리면서 다관을 내려놓았다.

나는 엄마가 내미는 찻잔을 받아들었다. 찻잔의 오분의 삼 정도까지 부어진 차는, 평소처럼 바닥이 보이지 않을 만큼 진했다.

맛있다.

최근의 나는, 그 맛의 비밀이 진한 점에 있노라는 것을 서서히 깨달아가고 있었다. 우선은 대전제로서, 진한 것이 무엇보다 중요했다.

그 밖에도 비밀은 있다. 사용하는 것은 오사와 지방의 심증차*. 찻물은 극단적으로 미지근하게 한다. 추출하는 시간은 조금 긴 듯하다. 다관의 망이 막히지 않도록 조금씩 살살 따라내고, 그러면서도 어느 정도의 물줄기를 유지하면서 따른다. 마지막은 힘있게 끝까지 따라낸다.

하지만 그것뿐만은 아닐 것이다. 모든 것을 완벽하게 카피했다고 해도 그 맛은 낼 수 없는, 즉 애송이는 다다를 수 없는 경지가 있을 것이다.

최강, 하고 엄마는 다시 중얼거렸다. 나는 그녀의 사고를 방해하지 않도록 빈 찻잔을 살짝 원래 자리로 되돌려놓았다. 그녀는 두물 차를 위해서 다시 다관에 뜨거운 물을 부었다. 바닥에 찻잎이 가라앉는 것에 맞춰서, 가만히 최강의 동물에 대해서 생각하고 있었다.

두물 차는 맛에서는 첫번째에 못 미쳤지만, 마셨다는 만족감에서는 더 뛰어났다. 나는 차를 마시고, 차에 곁들여 낸 채소절임의 마지막 한 점을 먹었다.

엄마는 자신의 찻잔을 탁, 하고 내려놓았다. 더이상 아무것도 중얼거리지 않았지만, 머릿속은 최강의 동물에 대한 것으로 가득 차 있을 것이 틀림없다.

물결치는 그래픽 이퀄라이저 같은 게이지. 나는 그녀의

---

* 深蒸し茶, 보통 녹차보다 오랜 시간 쪄서 만들어 차의 색과 맛이 진하다.

머리 위에 그런 것을 상상해보았다. 그 게이지는 세 걸음 나아가고 두 걸음 물러서는 느낌으로 조금씩 상승해가다가, 지금은 막 칠 할 라인을 돌파한 참이었다. 삑빅삑빅 하는 소리가 나고, 게이지가 꽉 차면 칭~ 하는 소리가 난다. 그러면 그녀는 번쩍 눈을 뜨고 질문의 답을 내놓는 것이다.

꿈틀, 하고 엄마가 움직이는 것을 보고 나는 답을 들을 준비를 했다.

그러나 엄마는 다시 천천히 시선을 내렸다. 나의 눈에는 머리 위의 게이지가 급속히 떨어져가는 모습이 보였다. 살며시 숨을 토해내며, 힘내요! 하고 마음속으로 외쳤다. 엄마는 진지한 표정으로 찻잔을 쥐고 있었다.

최강의 동물, 하고 다시 그녀는 중얼거렸다. 아무래도 엄마의 사고는 한 바퀴 돌아 다시 원래 위치로 돌아온 모양이었다.

"제 의견을 말씀드려도 될까요?"

엄마는 놀라는 표정으로 나를 보았다.

"……네."

"최강의 동물은," 나는 천천히 입을 열었다.

"곰입니다."

"곰?"

"그래요. 곰입니다. 틀림없어요. 특히 북쪽에 사는 곰이 좋겠죠. 북극곰 중에는 몸무게가 오백 킬로그램을 넘어가는 놈도 있어요. 사자는 확실히 백수의 왕일지도 모르겠지만, 그놈들은 무리지어서 머릿수로 밀어붙이는 경향이 있어요. 일 대 일이라면 단연코 곰이죠."

나는 오랫동안 가다듬어왔던 지론을 전개했다.

"물론 수렵능력은 사자나 치타 쪽이 높아요. 그러나 전투능력에서는 곰이 뛰어나다고 봅니다. 두 다리로 서서 팔을 붕붕 휘두르면, 그건 인간으로 말하자면 슈퍼헤비급 복서가 번개처럼 양손 훅을 연타하는 상황이나 마찬가지에요. 피하려고 해봤자 피할 수 있는 게 못되죠. 만약 가까이 접근하는데 성공했다고 해도 위쪽에서 덮어 누르겠구요. 스모에서 곰을 이길 수 있는 생물은 없어요. 즉, 곰은 서 있어도 괜찮고 달라붙어도 끄떡없는 토털 파이터죠. 최강이에요."

엄마는 말없이 나를 바라보았다.

"그리고 이런 얘기를 하면, 고래가 최강이라든가 박테리아가 최강이라든가 하는 얘기를 꺼내는 사람이 꼭 있는데, 그런 의견은 NG입니다. 그런 건 시합으로 성립되지 않고,

시합이 되지 않으면 우열의 차도 성립하지 않아요. 핵미사일 발사버튼을 누를 수 있는 미국 대통령이 인류 최강이라는 소리하고 마찬가지예요. 그리고 물론 스컹크가 최강이란 의견도 인정되지 않습니다. 최강에는 품위가 필요해요."

엄마는 다관에 뜨거운 물을 따르기 시작했다. 세물 차였다.

"싸우지 않고 인정받는 최강이 있어도 괜찮을 거란 생각은 해요. 그러나 여기서는 만약 파이터로서 싸운다면, 이라는 명제를 중요하게 놓고 보자고요. 그렇게 하면 단연코 곰이 되겠죠."

엄마는 다관의 뚜껑을 덮었다.

"상상해보세요. 가운을 걸친 곰이 링을 향해 서서히 입장합니다. 로프 사이를 쓰윽 통과해서 링 안으로 들어가는 거예요. 사자나 호랑이보다도 확실히 곰에게 챔피언 벨트가 더 잘 어울린다는 건 동의하시죠? 그리고 곰에게는 유도복도 잘 어울려요. 복싱 글러브도 캥거루 다음으로 어울리구요. 그런 생각 안 드세요?"

"그 말이 맞아요."

엄마는 말했다.

"……하지만 곰이 코끼리에게 이길 수 있을까요?"

"코끼리?" 나는 말했다. "이길 수 있어요, 이겨요. 곰이 이겨요."

"그래요?" 엄마는 여유로운 표정으로 나를 보았다. "끝물 차인데, 마시겠어요?"

내가 끄덕이는 것을 확인한 엄마는, 자신의 찻잔과 교대로 세물째의 차를 따랐다. 꼴꼴꼴꼴 하는 소리와 함께 김이 피어올랐다.

나는 코끼리와 대치한 곰을 상상했다. 솔직히 말하자면, 몇 톤이나 되는 코끼리를 상대할 자신은 전혀 없었다. 러시안 훅이나 스모가 통할 상대가 아니었다.

곰은 코끼리를 중심으로, 원을 그리듯 반시계 방향으로 돌고 또 돌았다. 선택할 전법은 한 가지뿐이다. 요시다 군이 유키를 상대할 때 보였던 히트 앤 어웨이. 코끼리의 측면이나 등뒤로 돌아들어가서 꾸준히 타격을 입혀나갈 수밖에 없다.

나는 그렇게 장기전으로 끌고 가서 상대의 체력소모를 유도하면 어쩌면 이길 수 있을지도 모른다고 생각했다. 그러나 그것은 도전자가 취해야 할 행동이다. 이미 진정한 강자가 누구인지는 명확했다. 거대한 것을 중심으로 돌고 있는 시점에서 이미 곰은 격하되었다. 주위를 돌거나 해서는 안 되는 것이다.

엄마가 좀처럼 입을 열지 않아, 할 수 없이 내가 말했다.

"챔피언 벨트가 어울리는 것은 곰이에요. 하지만 유감스럽게도 곰은 코끼리를 이길 수 없습니다."

"그렇지요."

깊이 고개를 끄덕이며 엄마가 말했다.

자요, 하고 말하며 내민 세물 차는 처음보다도 훨씬 묽어서, 딱 보통 차 정도로 진했다. 그런데 보통 차는 또 뭘까, 하고 나는 생각했다.

우리는 말없이 차를 마셨다.

이걸 다 마시면 식사가 끝난다, 하는 신호 같은 차였다.

이것으로 끝이다, 하는 느낌은 나뿐 아니라 엄마도 느끼고 있는 듯했다. 어쩐지 조금 부끄러운 기분이 들었다.

찻잔이 비워지고, 우리의 식사는 끝났다.

◇

'간신히 일을 마무리했습니다. 내일 가출합니다.'

나는 유키 일행이 묵고 있는 만자의 숙소에 전보를 쳤다. 우리의 가출에 어울리는 연락방법은 전보밖에 없다고 생각했던 것이다.

그 뒤에 남은 원고를 마무리하고 프린터 출력까지 끝낸 것은 예정보다 한 시간 늦은 오후 네시였다.

그리고 원고 체크에 세 시간 정도 소비하고, 그러는 도중에 담당자와 연락을 주고받거나 간단히 식사를 하거나 하다가, 최종 데이터를 보낸 것이 오후 여덟시. 그 다음에는 내일 할 일 준비를 하고 나서 목욕탕에 들어가면 모든 일정이 끝이었다.

후반부 작업에는 최근 수년 중 최고 레벨의 집중력을 발휘했는데, 그렇다고 해서 밤을 새우지도 않았고 커다란 실수도 없었던, 그럭저럭 만족스러운 라스트 스퍼트였다.

그리고 그 전화가 걸려왔을 때가 오후 아홉시 경이었다. 예정 밖이라고 하자면 너무나도 예정 밖인 그 전화 때문에, 이후의 예정은 크게 변경되게 되었다.

수화기를 내려놓고 가장 먼저 한 일은 혀를 차는 것이었다. 웃는 것으로 시작해도 좋았겠지만, 내 입장으로서는 일단 혀를 차는 것부터가 이 변경의 시작이었다.

나는 우선 부엌에 가서 물에 우린 커피를 꺼냈다. 가열 시간을 오십 초로 세팅하고 전자레인지의 시작 버튼을 눌렀다. 전자레인지의 내부에 빛이 들어오고 트레이가 천천히 회전했다.

소극장 같은 그 공간을, 나는 가만히 바라보았다.

엄마는 작동중인 전자레인지를 보고 있으면 백내장에 걸린다고 말했고, 유키는 그럴 리 없잖아 하며 부정했다. 그 다음에 유키는 전자파가 새지 않는 금형을 개발해서 전자레인지 내부 프레임 부문에서 세계 최고의 시장점유율을 획득한 회사의 이야기를 해주었다. 규슈에 있는 그 제작소의 사장실에는 창업 이래의 모든 도면과 특허서류가 들어 있는 골판지 박스가 산더미처럼 쌓여 있다고 한다.

세 바퀴 반을 돌고 나서 전자레인지는 움직임을 멈췄다.

나는 방으로 돌아와서 앞으로 할 일을 생각했다. 간단히 생각을 정리하고 나자, 서둘러야겠다는 생각이 들었다. 커피를 한 모금 들이켜고, 일단 유키 일행이 머무르고 있는 만자의 호텔에 전화를 걸었다.

유키는 금방 받았다. "야아!" 하고 활달한 목소리를 냈다. "전보 봤어. 꽤 센스 있던데?"

"그런 것보다, 큰일났어."

나는 그렇게 이야기를 시작했다.

"뭔데? 아, 잠깐만."

수화기 너머에서 부스럭거리는 소리가 나더니 유키는 말을 이었다. "됐어."

"요시다 군이 돌아왔어."

나는 말했다.

"아까 요시다 군한테서 전화가 걸려와서, '집에 돌아오니까 마이코 씨가 남겨둔 편지가 있었어요' 라고 하더라."

"……진짜로?"

"응, 거의 울 것 같은 목소리였어."

으하하하하하, 하고 유키는 웃었다.

유키는 웃는 것부터 시작한 모양이었다. 원래 요시다 군이 관련된 일이기만 하면 유키는 잘 웃었다.

"내일 같이 데리고 갈까 하는데, 그러는 편이 좋겠지?"

"그렇겠지."

"오후에 도착할 거야."

"응. 체크인이 네시니까, 그때쯤에 구사쓰의 숙소에서 합류하자."

"알았어."

"네시까지는 어딘가에서 시간을 때우고 있어."

유키는 그러고는 "둘이서 오붓하게" 하고 덧붙이고 다시, 으하하하하, 하고 웃었다.

"단 둘이라…… 뭘 해야 할까."

"대화." 유키는 말했다. "요시다 군이 또 사라져버리지 않도록 조심해."

"응."

"엄마는 좀 어떠셔?"

"여전하시지. 하나도 달라진 거 없이 평소대로야."

"그래." 유키는 다시 조금 웃었다. "그럼 내일, 기대하고 있을게."

"응."

그리고 우리는 전화를 끊었다.

다시 커피를 마시고 시계를 보았다. 그런 뒤에 요시다 군이 오늘밤에 사라져버릴 가능성에 대해서 생각해보았다. ……없다고는 할 수 없다.

나는 요시다 군에게 전화를 해서, 할 이야기가 좀 있으니까 지금 그쪽으로 가겠다고 이야기했다. 하룻밤 신세지게 될지도 모르겠는데 괜찮겠느냐고 묻자, "예" 하고 작은 목소리가 들려왔다.

나는 옷장에서 백화점 창고 바겐세일에서 사왔던 큼지막한 가방을 꺼냈다. 만약 제가 가방을 딱 하나만 가질 수 있다면 이걸 고르겠습니다, 하고 백화점 사원이 역설했던 가방이었다. 스트랩의 위치를 조절하면 용량이 '대'에서 '중'으로 줄어든다.

그곳에 이틀 분의 갈아입을 옷과 면도기와 세면도구를 넣고, 잠시 생각한 뒤에 휴대용 티슈를 추가했다.

그리고 평소처럼, 이것뿐인가? 하고 자문했다. 외박 준비에는 항상 뭔가 부족하다는 느낌이 들기 마련이다.

"네" 하고 요시다 군이 말한 기분이 들어서, 나는 시끄러, 하고 혼잣말을 했다. 난 지금 화났어, 하고 요시다 군에게 말해주고 싶었다.

최종적으로 요즘 읽던 소설책과 노트와 볼펜을 추가하여 가출 준비가 완료되었다. 뭔가를 잊어버린 듯한 기분도 들지만, 그런 것은 다 기분 탓이다. 가방의 용량은 '중'이 딱 알맞았다.

목욕탕에 들어가서 머리를 감고 얼굴과 몸을 씻고, 샤워기로 거품을 씻어냈다. 밖에 나와서 수분을 섭취하고, 무명천으로 된 반팔 셔츠를 입고, 엷은 갈색 버뮤다팬츠를 입었다. 빗으로 머리카락을 정리하고, 마지막으로 살살 머리모양을 약간 무너뜨렸다. 곱슬머리처럼. 어쩐지 어정쩡한 머리모양이었다.

연락처를 쓴 종이를 엄마에게 건네면서 지금 집을 나가겠다고 전했다. 엄마는 "저런" 하며 놀라는 얼굴을 했다. 그리고 "지도는 가지고 있나요?" 하고 물었다.

동부 도로지도를 짐에 추가하자, 그때서야 준비가 완료되었다는 느낌이 들었다. 이 사람은 정말 대단하다.

집 밖은 미적지근한 공기로 가득 차 있어서, 마치 머리부터 발끝까지 그것에 뒤덮여 있는 듯한 기분이 들었다. 어쩐지 세상과의 일체감이 느껴지는 밤이었다.

나는 종종걸음으로 지하철 입구로 향했다. 아직 채 다 마르지 않은 머리카락을, 바깥 공기가 기분좋게 스치고 지나갔다.

사회적으로는 아직 여름휴가 기간이어서 그런지, 열차 안은 사람들이 많지 않았다.

프로파간다 테크닉의 정수가 모여 있는 천장에 매달린 광고가, 모두에게 무시당하면서도 차례를 기다리는 외판원처럼 호시탐탐 기회를 엿보듯 흔들리고 있었다.

국철에서 사철로 갈아타고, 나는 요시다 군의 집으로 향했다. 역에 도착하자마자 다른 승객들을 제치고 선두로 나서며 에스컬레이터를 뛰어올라간다. 개찰구를 지나서 황색 간판을 보고 A3번 출구를 확인했다.

일직선으로 쭉 뻗은 계단 아래서 올려다보니, 사각형으로 잘린 지상이 보였다. 그 사각형 가장자리에 작은 인물의 모습이 보였다. 요시다 군이라는 것을 금방 알 수 있었다. 나는 입장상 웃음을 참으면서 천천히 계단을 올라갔다.

잠시 후에 위쪽을 올려다보자, 요시다 군이 꾸벅 인사를 했다. 나는 어깨에 메었던 짐을 고쳐 메고, 왼손을 가볍게 들었다. 그 뒤로는 요시다 군과 눈을 마주친 상태로 한 계단 한 계단 지상을 향해 나아갔다. 요시다 군은 오른손으로 난간을 쥔 채, 조금 몸을 비튼 모습으로 나를 기다렸다.

그 뒤로 세 계단 올라간 뒤에 발을 멈췄다.

요시다 군이 나를 내려다보고 있었다. 습격당하기 직전, 오른쪽으로 뛸지 왼쪽으로 뛸지 아직 결정하지 못한 초식동물 같은 눈이었다.

나는 할 수 있는 한 위압적인 목소리로, "안녕" 하고 말했다.

"안녕하세요."

슬프게 들리는 목소리로 초식동물이 말했다.

요시다 군의 오른손은 난간에서 떨어져서, 어디로 가야 좋을지 망설이는 눈치로 잠시 흔들거린 뒤에, 면바지를 꾹 움켜쥐었다.

나는 그를 구석으로 몰아붙이듯이 그 오른손에 시선을 맞쳤다. 초식동물의 몸 오른편에서는 눈에 보일 정도로 긴장이 느껴졌다. 동물은 잠시 그것을 견디고 있었지만, 이윽고 견딜 수 없어졌는지 몸을 비틀면서 손을 숨겼다.

나는 계속 아무 말도 없이 요시다 군을 바라보았다.

초식동물은 꿈틀, 꿈틀하며 몸을 비틀었다. 왼손을 바지 옆까지 빼냈다가 금방 집어넣었다. 입술을 닫았다가 열었다가, 다시 닫았다. 눈길을 피하나 했는데, 다시 돌아왔다. 콧물을 두 번 훌쩍였다. 오른손으로 가슴께를 긁었다. 티셔츠에는 'BOYS BE AMBITIOUS' 라는 프린트가 찍혀 있었다.

이윽고 요시다 군이 단념한 듯 눈을 감았다.

미지근한 공기가 그의 비강으로 천천히 빨려들어갔다. 폐포의 벽에서는 헤모글로빈을 통해서 이산화탄소와 산소의 교환이 이루어졌다. 횡격막이 수축하고, 천천히 숨을 토해냈다.

눈을 뜬 요시다 군은 건방지게도, '전 남자니까요' 라고 말하는 듯한 표정을 짓고 있었다.

"짐 들어드릴게요."

요시다 군은 양손을 앞으로 뻗었다. 나는 말없이 짐을 내밀었다.

"담배 좀."

나는 나의 의친구를 향해서 말했다. 요시다 군은 얌전한 얼굴로 담뱃갑을 꺼냈다. 나는 라이터와 휴대용 재떨이를 빌려서 담배를 피웠다.

연기가 오봉 연휴의 도쿄 밤하늘에 퍼져나갔다. 그 동안 요시다 군은 가만히 내 옆모습을 바라보고 있었다. 그때 이후로 처음 피우는 하이라이트는, 들이마시자 또 머리가 어질어질해졌다.

"……뭐, 어쨌든 앞뒤 가리지 말고 용서를 비는 수밖에 없겠지."

꽁초를 처리하면서 나는 말했다.

"네," 요시다 군은 말했다. "죄송합니다."

"나한테 말고."

"네," 요시다 군은 말했다. "정말로 죄송합니다."

"나에게 두 번 사과했다는 건, 유키에게도 두 번, 마이코 씨에게는 이백 번 사과해야겠다고 생각하는 건가보네."

"네……"

또 한번 사과하나 했는데, 대답을 한 것뿐이었다. 또 한번 했다가는 마이코 씨에게 사과하는 횟수가 백 번 더 늘어나게 된다. 의외로 냉정한 상태인지도 모른다.

우리는 나란히 요시다 군의 집을 향해서 걸었다. 도중에 페트병에 든 녹차와 치즈 대구포와 도쿄스포츠를 샀다. 페트병에 든 녹차는 근 한 달 만이었고, 치즈 대구포는 거의 일 년 만이었으며, 스포츠 신문은 이 년 정도 만이었다. 학창 시절, 반드시 이 물건들을 갖추고 내 하숙집에 묵으러 오던 친구가 있었다.

맥주는 집에 있어요, 하고, 완전히 후배 캐릭터가 되어버린 요시다 군이 말했다.

표준적인 2LDK 연립주택치고는 천장이 높았다.

텔레비전은 방 한구석, 파이프로 만들어진 조립식 선반 가운데 단에 있었다. 플로어링 처리된 방의 한가운데에는 널찍한 러그가 깔려 있다. 그 위에 앉은뱅이 테이블과 반원형 좌식의자가 둘. 나와 요시다 군은 그곳에 앉았다.

요시다 군은 알루미늄 호일을 네 장 겹쳐서 가장자리 부분을 접어 세우고 빙글빙글 돌려가며 모양을 다듬은 뒤에, 완성된 것을 테이블 한가운데에 내밀면서 재떨이에요, 하고 말했다. 마치 질그릇 공예가 같았다.

테이블 위에는 마이코 씨가 남긴 편지가 놓여 있었다.

'일주일 정도 집을 비웁니다. 반드시 돌아오겠습니다. 걱정하지 마세요. 마이코.'

그 옆에는 요시다 군의 편지도 놓여 있었다.

'열흘 정도 집을 비웁니다. 반드시 돌아오겠습니다. 걱정하지 마세요. 나오토.'

요시다 군은 요 열흘 남짓한 기간 동안, 도쿄 도내의 위클리 맨션*에 잠복해 있었다고 한다. 카메라를 분해하고 있었느냐고 묻자, 부끄러운 듯이 "그렇습니다" 하고 대답했다. 자기 집에서 하면 되지 않느냐고 묻자, "더이상 집에서는 안 할 겁니다" 하며 은근히 단호히 대답했다. 그래서, 그럼 집 밖에서라면 할 거냐고 물었더니 "아뇨, 그것도 이제는 안 할 겁니다" 하고 말했다.

결혼생활에 불만이 있었나? ─ 아니오. 마이코 씨에게 불만이 있었나? ─ 아니오. 모든 것이 싫어졌나? ─ 아니오. 반성하고 있는가? ─ 예. 가출해서 즐거웠는가? ─ 모르겠습니

* 일주일 단위로 계약을 맺어 머무를 수 있는 일종의 숙박시설.

다. 조금 걱정하길 바랐던 것뿐인가? —아니오. 미로에서 울부짖었는가? —아니오. 주사는 싫어하는가? —예.

그러면 결국 뭐지? 혼자서 카메라를 분해하고 싶었던 것뿐인가? 그렇게 묻자, 요시다 군은 불쌍하게 느껴질 정도로 슬픈 얼굴로 "그럴지도 모르겠어요" 하고 중얼거렸다.

그런 이유로는 아무도 납득 못 해, 하고 나는 말했다. 치즈 대구포를 베어물고, 반 정도 줄어든 맥주를 마셨다.

"마이코 씨하고 만나면, 이것보다 스무 배 정도는 그럴듯한 핑계를 대는 편이 좋을 거야."

"……이따금씩 저는 제정신을 유지하기 위해서 이상한 짓을 하곤 해요."

"뭐든지 괜찮아. 단, 주위 사람들에게 충분히 설명한 다음이라면."

"예……"

기어들어가는 목소리로 요시다 군은 말했다. 덧없이 서서히 꺼져가는 목소리가 명주잠자리의 일생을 떠올리게 했다.

나는 담배에 불을 붙이고, 위쪽을 향해 연기를 토했다.

명주잠자리의 일생이라고 해봤자 실제로 명주잠자리로

있는 것은 며칠뿐이고, 그 이외의 기간은 개미귀신이라는 사실을 떠올렸다.

옛날에 유키와 함께, 개미귀신이 명주잠자리가 되는 것은 어떤 기분일까, 하는 이야기를 했던 적이 있다. 그것은 요시다 군이 유키가 되거나 내가 바다표범이 되는 것과 동급의 충격일 것이다.

천천히 시간이 흘렀다.

"……마모루 씨는 평소에 담배를 피우시나요?"

"아니." 나는 대답했다. "실은 요새 계속 금연중이었어. 피운 적은 요시다 군에게 얻어 피웠을 때뿐이야."

"……그러신가요."

알루미늄 호일로 만든 재떨이에 재를 털었다.

카운터키친 건너편에서 환기팬이 돌아가고 있었다. 그리고 아까부터 신경 쓰이던 것인데, 방구석에 마그네타이저가 홀로 놓여 있었다.

"자화해봤어?"

나는 물어보았다.

"예." 그렇지만…… "자화할 수 있는 게 별로 없었어요."

자화할 수 있는 것도 별로 없겠지만, 요시다 군과도 더 할 이야기가 없겠다는 기분이 들기 시작했다.

나는 천천히 담뱃불을 껐다.

"……처음에는 뭐든지 자화해주마, 하고 생각했어요."

요시다 군은 테이블의 다리 부근을 바라보면서 띄엄띄엄 이야기했다.

"그랬더니, 뭐랄까. 전부 새로워진 것 같은, 다시 태어난 것 같은 기분이 들었어요."

그렇지만…… "드라이버와 클립, 옷핀, 장도리와 코르크 스크루. 제가 자화할 수 있었던 것은 그것들뿐이었어요."

테이블 구석에는 스포츠 신문이 접혀진 채 놓여 있었다. 헤드라인은 '오십사 센티미터짜리 감성돔 낚이다' 였다.

"그리고, 못도 자화했습니다."

"……그게 전부야?"

"예."

또 담배 피우고 싶어지네. 나는 생각했다. 최근에는 피우고 싶다고 생각한 적이 없었는데, 한 번 결심을 깨고 나니 계속 피우고 싶어졌다. 아무래도 니코틴이란 그런 물질인 모양이었다.

흡연이란 건 무섭군. 그렇게 생각하면서 담배에 불을 붙이고 좌식의자에 몸을 기댔다.

옛날에 그 물품들을 챙겨와서 하숙집에서 묵곤 했던 친구의 흥밋거리는, 경마와 프로레슬링과 연예계 가십과 에로틱한 것들로 한정되어 있었다. 그 녀석의 별명은 '도쿄스포츠'였다. 불고기를 먹을 때면 꼭, '자기 먹을 고기라고 찜해두기 없기' 라고 주장했다. 야채를 찜해두는 건 괜찮은 모양이었다. 그 녀석에게서 담배를 얻어 피웠던 것을 계기로, 나는 담배를 피우기 시작했었다.

"이참에 말이야," 나는 입을 열었다. "요시다 군도 담배 끊는 게 어때? 조금은 점수를 딸 수 있지 않을까?"

"예."

요시다 군은 고개를 갸우뚱하더니, 나를 바라보았다. 나와 눈이 마주치자 금방 시선을 떨어뜨리며 알루미늄 호일 재떨이를 가만히 바라보았다.

"알겠습니다."

요시다 군은 이쪽을 보았다.

"지금부터 금연하겠습니다. 이제 평생 피우지 않겠어요."

"정말로?"

연기를 뿜어내면서 나는 말했다.

"피우지 않겠어요."

"그러면 이건 전부 내가 가질게."

"예, 그러세요."

담배를 입에 문 채로, 하이라이트를 받아서 가슴 주머니에 넣었다.

"죄송합니다." 잠시 후에 요시다 군은 말했다. "이번이 마지막이니까, 한 대만 빌려도 될까요?"

나는 말없이 담뱃갑을 내밀었다. 요시다 군은 한 대 꺼내서, 필터 부분을 테이블 모서리에 톡톡 두드렸다.

"생애 최후의 담배네요."

요시다 군은 그렇게 말하며 담배에 불을 붙였다.

"그렇게 되면 좋겠는데."

"괜찮아요. 저는 마모루 씨와는 달리, 어디서 빌려서 피우지도 않아요."

요시다 군은 건방진 소리를 했다.

남아 있는 하이라이트를 세어보니 여덟 개비였다. 앞으로 여덟 개비를 피우면 나도 정말 끊어야지.

우리가 토해낸 연기가 천장 근처에서 서로 섞여들었다. 내가 불을 끄자, 잠시 후에 요시다 군도 불을 껐다. 알루미늄 호일 재떨이에는 세 개의 꽁초가 담겼다.

담배는 피워야 하고 재떨이는 비워야 하지, 하며 나는 시답잖은 말장난을 생각하고 있었다.

◇

눈을 떴을 때, 요시다 군은 부엌에 서 있었다.

빌린 이불을 대강 개어놓은 뒤, 세수를 끝내고 나서 나는 거실로 향했다.

“안녕히 주무셨어요?” 요시다 군이 말했다.

거실에는 FM 라디오 소리가 흘러나오고 있고, 테이블 위에는 조간신문이 놓여 있다. 부엌에서 뭔가를 굽는 치이~ 하는 소리가 들려오고 있었다.

나는 신문을 펼치고 기사를 훑어보았다. 인공수정으로 태어난 새끼 침팬지에 대한 뉴스가 실려 있었다.

라디오의 곡이 페이드아웃되며, 에이티 포인트 제로~ 하고 노래했다.

“기다리셨죠.” 그런 말과 함께 요시다 군이 얼굴을 내밀었다.

반으로 자른 핫프레스 샌드위치와 양면을 구운 계란프라이를 날라왔다. 데친 미니 아스파라거스 몇 덩이에 방울토마토가 곁들여 있다.

“저희 집은 항상 카페오레인데, 괜찮으신가요?”

“……응.”

요시다 군은 다시 부엌으로 사라졌다.

“잘 먹겠습니다.”

내가 말하자, 부엌에서 “사양 말고 드세요” 하는 목소리가 들려왔다. 신혼부부 같았다.

참치와 모차렐라 치즈를 끼워넣고 핫프레스한 토스트는, 고소한 버터 향기만큼이나 매우 맛있었다. 계란프라이도 보기 좋게 구워졌고, 소금과 후추도 딱 적당히 뿌려져 있었다.

“맛있어.”

자기가 먹을 아침식사를 만들어온 요시다 군에게 그렇게 말하자, 그는 기뻐하는 얼굴로 “감사합니다” 하고 말했다.

“기름을 많이 썼어요.” 요시다 군은 말했다. “건강을 생각하면 적게 쓰는 게 좋겠지만, 가볍게 튀긴다는 느낌으로 충분히 구웠죠."

그는 계란에 대해서 말하고 있는 듯했다. 그렇게 말하면서 찰랑찰랑하게 담긴 카페오레를 내밀었다.

"저온살균 우유를 사용했으니 맛있을 겁니다."

다갈색의 카페오레는 알맞게 식어 있어서 마시기 수월했다. 부드러운 우유 저편으로, 센 불로 볶은 진한 커피의 윤곽이 느껴졌다.

아침식사를 맛있게 먹을 수 있으면 그것만으로도 인생의 절반은 성공이다.

그 말은 내가 결혼한 뒤에야 비로소 깨달았던, 완벽하면서도 확고부동한 진실이었다. 여기에도 혼자서 그것을 실천하는 남자가 있다.

"아침밥은 매일 요시다 군이 만드나?"

"아뇨, 하루 걸러 교대합니다. 날이 갈수록 점점 어느 쪽이 맛있게 만드는지 경쟁하는 분위기가 되곤 하죠."

"마이코 씨가 만드는 아침밥도 맛있어?"

"그럼요." 요시다 군은 즐거운 듯 말했다. "마이코 씨가 만드는 아침은 된장국에 연어구이 같은 종류가 많은데, 그 연어가 맛있어요. 굽는 방법에 비밀이 있는지, 은근히 자랑스러워해요. 그렇게 맛있는 건 좀처럼 먹어보기 힘들 거예요."

사이좋네, 뭐. 나는 생각했다. 세계 삼대 미덕 중 하나, 사이좋게 지내기.

"저녁밥은?"

"저녁은 어지간해서는 그냥 적당히 때우게 되더라고요. 둘 다 밖에서 먹을 때도 많구요. 그래서 아침이 승부죠."

"흐음."

나는 미니 아스파라거스를 먹으며 카페오레를 마셨다. 라디오가 다시 에이티 포인트 제로~ 하고 노래했다.

"오늘, 이제부터 할 일 말인데." 나는 말했다. "요시다 군은 우선 일박 예정으로 여행 준비를 해. 그게 다 되는 대로 출발할 거야. 그 동안 나는 렌터카를 빌려놓을게."

"예."

"잘 먹었습니다."

요시다 군에 대한 감사와 경의를 담아서, 나는 고개를 숙이며 힘주어 합장을 했다. 요시다 군은 난처하다는 표정으로 우물쭈물하다가 작게, 네에, 라고 겨우 들리는 소리를 냈다.

"아침식사를 맛있게 먹을 수 있다는 건, 그것만으로 인생의 절반 이상은 성공이라는 뜻이야."

요시다 군은 놀라는 얼굴로, 그렇군요, 하고 대답했다.

뒷정리는 요시다 군이 한다고 해서 나는 베란다로 나가 담배를 피웠다. 에어컨 실외기의 팬이 빙글빙글 돌고 있었다. 햇살은 그리 강하지 않았다. 일단은 여름입니다, 하는 듯한 날씨였다.

최대한 시간을 들여서 두 대의 담배를 피웠다.

연기가 평소보다 천천히, 하늘하늘 피어올랐다.

저 멀리서 방송 같은 것이 들려왔다. 레게 리듬의 기묘한 노래였다.

스챠, 스챠, 스챠, 대학당, 대학당, 오래 기다리셨습니다, 대학당~

음원은 점점 가까이 다가오다가 갑자기 뚝 끊겼다. ……대학당?

마침 담배도 다 피웠기 때문에, 나는 담뱃불을 껐다. 꽁초 다섯 개비가 담긴 채로 알루미늄 호일 재떨이를 꾹 쥐어서 찌부러뜨렸다.

남은 담배는 여섯 개비, 하고 나는 맹세했다. 누군지는 모르겠지만 대학당에 걸고 맹세한다.

방에 돌아와서 요시다 군에게 지역정보지를 빌렸다. 근처의 렌터카 영업소에 전화를 걸어서 빈 차가 있는지 확인하고, 지금부터 그쪽으로 가겠다는 뜻을 전했다.

갔다 올게, 하고 말하자 요시다 군이 현관까지 배웅하러 나왔다. 현관에는 나의 신발이 가지런히 정리되어 있었다.

"장소는 아시나요?"

"응."

"조심하세요."

"네."

어제 지나왔던 길을 거꾸로 거슬러가면서, 나는 목적지로 향했다.

가다보니 작은 공원에 접한 도로에, 아주 화려하게 장식된 경승합차가 세워져 있었다. 어린아이가 몇 명 모여 있다. 지나치고 나서야 그것이 '대학당' 이라는 것에 생각이 미쳤다. 핫도그 같은 것을 팔고 있는 모양이었다. 빠른 걸음으로 걷자 조금 땀이 났다.

도착한 영업소에는 반팔 셔츠에 넥타이를 맨 한 남자가 혼자 남겨진 듯한 느낌으로 자리에 앉아 있었다. 그는 나를 향해서 빙긋 웃으며 인사를 하더니, 희망하는 차종이 있으십니까? 하고 물었다. 전화로 이야기할 때보다 젊어 보이는 사람이었다.

"네 사람이 넉넉히 탈 수 있는 승용차로 부탁드립니다."

알겠습니다, 하고 그는 대답했다. 그러시다면, 하며 그가 골라준 차종에 나는 동의했다.

그는 차를 가지러 가서 영업소 옆에 주차한 뒤에, 사무실에 돌아와서 "지금 차 안을 식히는 중입니다" 하고 말했다.

카운터 너머로 면허증을 제시하고 보험이며 이것저것 수속을 밟았다. 의례적인 설명을 받고 의례적인 서명을 하고, 요금은 신용카드로 지불했다. 카운터 위에는 작은 상자가 있었는데, '홋카이도 밀크'라고 씌어 있는 캔디가 쌓여 있었다.

"말씀드리는 게 조금 늦었습니다만, 저는 구도라고 합니다." 그렇게 말하며 그는 명함을 내밀었다. "문제가 발생하거나 하면 이리로 연락주세요."

구도 마사오 씨는 부드러운 웃음을 지으며 말했다.

인자함이 흘러넘치는 눈이군, 하고 나는 생각했다. 별을 올려다보는 늙은 개의 눈빛이었다.

조금 긴 편인 앞머리가 눈앞을 가릴 것 같았다. 혹시라도 앞머리가 눈앞을 가렸을 때는 고개를 살짝 흔드는 타입이겠

군, 하고 나는 생각했다. 고개를 숙이고 살짝 흔든다. 머리카락을 쓸어올릴 타입은 아니다.

구도 씨는 서류의 복사본을 삼단으로 접어서 회사명이 인쇄된 봉투에 집어넣었다. 여기 있습니다, 하고 말하며 내민 그것을 받아들고서 나는 홋카이도 밀크에 손을 뻗었다.

"이거, 하나 가져갈게요."

"예, 가져가세요."

구도 씨의 말에 나는 그것을 주머니에 넣었다.

우리는 같이 사무소에서 나왔다. 차의 엔진 소리가 크게 울리고 있었다.

"여행 가십니까?"

큰 목소리로 구도 씨가 물었다.

"아뇨, 가출입니다."

"……가출?"

구도 씨는 인자한 눈동자로 나를 바라보았다. 앞머리가 속눈썹에 닿을 것 같았다. 하하하, 하고 그는 푸근한 목소리로 웃었다.

"정확히 말씀드리자면 가출한 의친구가 있었는데, 그 친구를 찾기 위해서 집을 나간 사이좋은 이인조를 저와 그 의

친구가 같이 만나러 가는 겁니다."

아주 잠깐, 구도 씨의 시선은 초점이 흐려지며 파르르 떨렸다. 그러나 금방 보는 이에게 깊은 안도감을 가져다주는 그 눈빛을 되찾았다. 차의 보닛이 햇살을 받아 반짝이고 있었다.

"……그거 참, 고생이시군요."

구도 씨는 눈이 부신 듯 몇 번인가 눈을 깜빡였다. 에어컨의 컴프레서가 꺼지고, 엔진 소리가 조금 톤을 낮추었다.

"부디 무사히 돌아오세요. 일들이 전부 잘 풀리셨으면 좋겠습니다."

그렇게 말하며 구도 씨는 미소지었다.

아주 잠깐 동안의 만남이었지만, 나는 진심으로 구도 씨를 신뢰했다. 신뢰하고 그런 말을 한 것은 정말 잘한 일이란 생각이 들었다.

구도 씨의 안내에 따라 나는 차의 좌석에 앉았다. 차 안은 딱 쾌적한 온도로 식어 있었다. 열려 있는 문 너머에서 차에 대한 설명을 받았다. 구도 씨는 미소짓고, 나는 고맙다는 인사를 했다.

"좋은 여행 되시길 빕니다."

"여행이 아니에요."

"그랬죠. 그럼 좋은 가출되시길."

하하하하, 하고 구도 씨는 웃었다. 몸조심하세요.

구도 씨는 차 앞에 서서 국도로 합류할 때까지 유도해주었다. 룸미러에 비친 구도 씨가, 작게 인사를 했다.

기어를 P레인지로 맞추고 사이드브레이크를 걸었다.

나는 담배를 꺼내들고 차창을 열었다. 오랜만에 하는 운전이라 조금 긴장한 모양이었다.

요시다 군의 아파트를 바라보면서 담배에 불을 붙인다. 이제부터 의친구와 여행을 떠나는 것이다.

요시다 군과 만난 것은 이번이 두번째였다. 첫번째는 우리집. 그때는 난투게임을 했다. 강변에서 같이 맥주를 마시고, 담배를 얻어 피웠다.

재떨이에 재를 털고, 다시 연기를 뿜었다. 그리고 문득 그때 했던 약속을 떠올렸다.

강변에서 나눈 밀약. 어느 한쪽이 이혼하면 다른 쪽도 이혼한다. ……이혼.

설마, 하고 나는 생각했다. 차 옆을 자전거가 지나쳐갔다.

나는 담뱃재를 털었다. 남은 것은 삼분의 일 정도뿐이었다. 조수석에 놔뒀던 서류의 복사본과 구도 씨의 명함을 선바이저에 끼워넣고, 차 시트에 풀썩 몸을 기댔다.

뭐, 유키와 내가 이혼한다든가 요시다 군과 마이코 씨가 이혼한다든가 하는 것은 상상하기 힘든 이야기였다. 아웃 오브 이미지. 상상할 수 없는 일은 일어나지 않는다. 나는 그대로 담뱃불을 껐다.

그것보다도, 하며 생각을 전환했다. 내 인생에서 남아 있는 담배는 이제 다섯 개비. 그것은 또렷이 상상할 수 있었다. 선바이저를 바라보면서 나는 맹세했다. 별을 올려다보는 늙은 개를 닮은 눈을 가진 구도 씨에게 맹세코, 앞으로 다섯 개비 남았다.

"잠깐만요."

요시다 군이 말했다.

"뭔가 중요한 걸 빠뜨린 기분이 들어요."

거실 바닥에 놓여 있는 요시다 군의 보스턴백은, 아직 지

퍼가 채워지지 않은 상태였다.

"정밀 드라이버는 필요 없어."

"그런 건 안 가지고 가요."

요시다 군은 조금 화난 듯 말했다.

"뭔가 부족하다는 기분이 들어요."

위기감, 섹시함, 주변머리, 체력, 풍류. 우리에게 부족한 것은 얼마든지 있었다.

"그럼, 뭘 챙겼는지 말해봐."

"옷하고 칫솔. 타월, 면도기, 지갑, 그리고 만능나이프."

만능나이프라니…… 요시다 군이 계속 생각에 잠겨 있었기 때문에, 나는 이젠 됐다고 말해주었다.

"조금만 더 있어보세요. 마모루 씨는 담배라도 피우고 계세요."

"이 집에는 이제 재떨이가 없다고."

요시다 군은 부엌으로 달려가더니 알루미늄 호일을 들고 왔다. 할 수 없이 나는 그것을 받아들었다. 요시다 군은 뭐라고 웅얼거리면서 방을 나갔다.

나는 알루미늄 호일을 정사각형으로 뜯어냈다.

그리고 잠시 동작을 멈추고 생각했다. 훌륭한 아이디어를 떠올렸던 것이다. 나는 빙그레 웃었다.

알루미늄 호일을 둥글게 말아서 가느다란 봉 모양으로 만든다. 그렇게 만든 뒤에 마그네타이저로 자화한다. 자화되면 펼친다. 펼치고 나면 가장자리를 세워서 재떨이를 만든다.

—자·석·재·떨·이!

미래세계의 고양이 로봇이 그것을 집어드는 모습을 상상했다. 지금부터 내가 그것을 만든다.

나는 알루미늄 호일을 둥글게 말았다. 썩 보기 좋게 말지는 못했지만, 어떻게든 입구에 들어갈 듯한 봉 모양이 되었다. 그리고 마그네타이저의 전원을 켜고, 입구에 알루미늄 호일을 꽂아넣으려고 하는 바로 그때였다. 뒤에서 목소리가 들려왔다.

"알루미늄은 자화되지 않아요."

돌아보자 요시다 군이 오른손에 CD를 들고 있었다.

"……알아."

나는 거짓말을 했다.

"알루미늄이나 구리는 전기가 통하긴 하지만 자석이 되지는 않아요."

요시다 군은 미안하다는 듯 말했다.

나는 마그네타이저의 전원을 끄고 둥글게 만 알루미늄 호일을 원래대로 폈다. 평평해진 그것을 돌려가며 슬슬 가장자리를 세워나간다.

"가지고 갈 걸 찾았어요. CD예요. 차 안에서 들을 수 있죠?"

"응."

나는 담배를 꺼내서 불을 붙였다. 요시다 군은 꼿꼿이 선 채로 나를 바라보았다.

자석 재떨이가 되다가 만 알루미늄 호일에, 나는 재를 털었다.

지구가 언제 멸망할지는 모른다. 나는 연기를 토해냈다. 그때까지 몇 번이나 시답잖은 거짓말을 하게 될까. 연기의 행방을 바라보면서 그렇게 생각했다.

하지만……

곧게 뻗어올라가던 연기는 엔트로피 증가법칙에 따라 확산되고, 이윽고 하얀 벽과 동화되어 사라졌다.

담배는 앞으로 네 개비. 미래세계의 고양이 로봇에 맹세코, 이것은 꼭 지킨다.

◇

"요즘 카메라는 정말 글러먹었어요."

"분해하기 힘들다는 얘기야?"

"아뇨. 그런 게 아니라, 전자부품이 많으니까 분해해도 의미가 없어요."

앞에서 달려가던 밴이 속도를 떨어뜨리는 바람에, 나는 오른쪽 깜빡이를 켰다. 액셀을 밟아서 밴을 추월하고, 다시 왼쪽 차선으로 돌아왔다.

"옛날 기계식 카메라가 좋아요." 요시다 군은 말했다. "안을 들여다보면 복잡하게 맞물린 부품들이 짤깍짤깍 연동해서 움직이는 걸 알 수 있어요. 역시 기계는 멋져요. 원래, 카메라에는 전자부품 따위는 필요 없다고요. 톱니바퀴와 태엽만으로 움직이는 셀프타이머 같은 걸 보고 있으면 가슴속이 막 뜨거워지면서 쿵쾅쿵쾅 뛰어요."

스포츠카 한 대가 엄청난 속도로 우리를 추월해갔다.

카스테레오에서는 계속 단조로운 구절이 반복되고 있었다. 핑크 플로이드의 〈Wish You Were Here〉. 누가 뭐래도 이게 드라이브에 가장 잘 어울려요, 하며 요시다 군이 꺼낸

앨범이었다.

"구사쓰까지는 아직 멀었으니까, 카메라 분해에 대해서 기초부터 찬찬히 설명해봐."

"아뇨, 하지만……" 요시다 군이 말끝을 흐렸다. "앞으로 분해는 안 하겠다고 마음먹었어요."

"왜?"

"그건……"

요시다 군이 머뭇거렸다. 핑크 플로이드의 곡이 간주에 돌입했다.

"그것까지 포함해서 자세히 설명해봐. 요시다 군에게는 설명할 책임이 있으니까."

"……"

긴 간주였다. 부드러운 멜로디에, 눈물이 나올 것 같은 기타 솔로가 겹쳐졌다.

"그 전에, 이거 곡 이름이 뭐야?"

"크레이지 다이아몬드. 제1부예요."

"아주 좋은 곡이긴 한데, 드라이브에 어울리는 것으로만 따지면 하이웨이 스타 같은 곡이 낫지 않아?"

"그렇게 볼 수도 있겠죠. 하지만 이것도 어울리지 않나요?”

“……어울릴지도 몰라.”

“그렇다고요. 제 생각인데, 드라이브에는 비트는 심플하고 템포는 약간 느린 편이 좋아요. 곡이 길고, 간주도 길고, 가능하면 가사는 외국어. 그리고 단조로운 구절을 마냥 반복하는 곡이 좋겠죠.”

“호오.”

나는 감탄했다. 정성에 가득 찬 타인의 의견을 듣는 것은 아주 유쾌하다.

“요시다 군.”

“예.”

“그 페이스로 카메라 분해에 대해서도 이야기해봐.”

“……”

“분해의 순서. 그 즐거움과 어려움. 열의. 카메라를 분해하는 취미가 있는 동료와의 우정이나, 카메라의 분해에 대해 알려준 스승과의 만남. 이번에 그것을 그만두기에 이른 심경의 변화. 앞으로 카메라 분해를 시작하려는 사람에게 해줄 어드바이스. 나는 그런 얘기가 듣고 싶어.”

“……”

"드라마틱하게 얘기해주면, 운전수로서 심심하지 않아서 좋을 것 같고."

"……알겠습니다."

요시다 군은 눈을 지그시 감더니 시트에 깊이 몸을 묻었다. 나는 요시다 군이 이야기하기를 기다렸다. 그러나 요시다 군은 좀처럼 입을 열려고 하지 않았다.

나는 담배를 꺼내서 요시다 군에게 "피울래?" 하고 물었다. 요시다 군은 "아뇨" 하고 대답했다. 요시다 군은 참 기특하다.

딱히 피우고 싶었던 것은 아니었지만, 나는 담배를 입에 물었다. 이 담배 한 대가 요시다 군의 입을 열게 만든다면 의미는 충분하다고 생각했다. 환기를 위해서 창문을 이 센티미터 정도 열었다. 바람을 가르는 소리에 음악이 지워졌다.

"이 기타 치는 사람은 이름이 뭐야?"

나는 큰 목소리로 물었다.

"데이비드 길모어예요."

담배를 다 피우고 나서, 재떨이를 끌어당겨 담뱃불을 껐다. 창문을 닫자, 사라졌던 음악이 힘차게 부활했다.

내 인생에서 담배는 앞으로 세 개비. 데이비드 길모어 씨의 서정적인 기타 연주에 맹세코, 앞으로 세 개비 남았다.

경치가 시속 백 킬로미터 속도로 뒤쪽으로 흘러갔다. 길은 곧게 이어지고 있었다. 우리는 지금 같은 공기를 들이마시면서, 멀리서 앞쪽을 달리고 있는 차를 계속 바라보고 있었다.

"……처음에는 필요에 의해서였어요."

요시다 군의 이야기가 시작되었다.

"제가 주로 사용하던 카메라는 기계식이에요. 그런 것은 계속 사용하다보면, 언젠가는 정비를 해줄 필요가 있어요. 셔터 스피드 조정같이 어려운 것은 못하겠지만 내부 청소나 기름칠 같은 것 정도는 스스로 할 수 있지 않을까, 하고 생각했죠."

"……보통은 가게에 맡기지 않나?"

"그렇죠. 그게 기본이에요. 제 경우에는 고등학교 시절 사진부 부장의 말이 계기였어요. 마쓰카와라는 선배였는데, 그 선배가 '카메라 분해는 아주 많은 공부가 돼' 라고 말했거든요. 저는 그 뒤로 카메라에서 멀어졌지만, 그때 들었던 말은 계속 머릿속에 남아 있었어요."

요시다 군은 잠시 침묵했다.

"자기 카메라에 문제가 생긴 것을 알게 되면 바로 수리할 수 있어야겠구나, 하고 생각하고 있었어요. 그런데, 그 무렵에 우연히 고장난 중고 카메라를 발견했어요. '촬영불능' 이라고 씌어 있는 상자에 들어 있었죠. 촬영불능인 카메라는 또 뭐야, 하고 생각할지도 모르겠지만, 마니아들은 부품채취용으로 사기도 해요. 가격은 이천 엔이었죠. 저는 그때, 부장의 말이 떠올랐어요."

"……그러면, 이 길로 끌어들인 사람은 마쓰카와 부장인 셈이네."

"그렇게 되겠네요. 학교에서 열리는 체육대회 때 여학생들 사진을 찍어다가 여기저기에 파는 사람이었지만요. 뭐, 괜찮아요. 그래서 저는 그 고장난 카메라를 샀어요. 완전히 못 쓰게 되어도 상관없으니 이놈을 분해해보자는 생각으로요."

"연습 삼아서?"

"예, 집에 돌아오자마자 곧바로 분해에 착수했죠. 하지만 결국 첫날에는 나사를 세 개 푸는 것만으로 만족해야 했어요. 분명히 나사가 더 있을 텐데 도무지 찾을 수가 없더라구요. 기계의 바깥쪽에 있는 나사는 대개 설계자가 연구에 연구를 거듭해서 어딘가에 감춰두기 마련이에요.

다음날은 만사를 제쳐두고 나사를 찾았어요. 패드를 벗겨야 나타나는 나사라든가, 아주 깊은 곳에 있는 나사라든가, 렌즈 마운트 커버를 벗겨야 나오는 그런 깊숙한 곳에 있는 나사라든가. 최종적으로 나사는 열 개 있었어요. 이제야 열리겠구나 싶었죠. 하지만 열리지 않았어요. 열릴 것 같으면서도 꼼짝도 안 하더군요. 결국 그날은 다시 나사를 조여놓고 끝났죠."

"왜 다시 조여놓는데?"

"이건 나중에 깨달은 건데, 분해의 철칙 중 하나가 '깊이 들어가기 전에 돌아온다' 예요. 계속 분해해나가다보면 원래대로 되돌릴 수 있을까 하고 불안해지곤 하거든요. 그럴 때는 일찌감치 유턴해서 원래 상태로 재조립하는 거죠. 어떻게든 분해해보려고 끙끙대며 마냥 붙잡고 있다보면 원래대로 되돌릴 수가 없어요. 기술적인 문제가 아니라, 시간적으로도 정신적으로도 그래요. 그러니까 그때 제가 원래대로 조립한 것은 잘한 일이었죠."

요시다 군은 다시 잠시 동안 침묵했다.

"그래서?"

나는 이야기를 재촉했다.

"다음번에 분해했을 때는, 열 개의 나사를 뺄 때까지는 스무스하게 진행됐어요. 하지만 역시 그 이상은 뺄 수 있는 나사가 없었어요. 아무리 찾아봐도 없었죠. 그렇다고 해서 힘을 주어도 열릴 기색도 없었구요.

이것도 나중에 가서 깨달은 건데, 또다른 분해의 철칙은 무리하지 않는 겁니다. 도저히 떨어지지 않을 것 같은 부품을 힘으로 떼어내려고 하다가는 반드시 실수하게 돼요. 맨 처음에는 그걸 모르고 부품을 망가뜨리거나, 나사머리를 뭉그러뜨리거나 하는 짓을 되풀이했죠.

냉정하게 생각해보면, 분해하는 방법은 반드시 있게 마련이에요. 힘으로는 아무것도 해결되지 않아요. 물론 개중에는 방법이 없는 경우도 있긴 해요. 즉 억지로 떼어낼 수밖에 없는 부품이죠. 하지만 그건 설계할 때부터 떼어내면 안 되는 부품일 가능성이 높기 때문에 떼어내지 않는 것이 맞아요."

"……그 밖에도 분해의 철칙이 있나?"

"있고말고요." 요시다 군은 말했다. "우선 떼어낸 부품을 조심스럽게 다뤄야 해요. 작은 부품을 떨어뜨리는 건, 해서는 안 될 실수입니다. 용수철 같은 건 쉽게 튕겨져나가기 때문에 주의가 필요해요. 떼어낸 것은 어디서 떼어냈는지 알 수 있도록 메모를 해서 보존합니다. 제 경우에는 떼어낸 부품은 반드시 A4용지 위에 올려놔요. 거기에 직접 메모를 써두면, 나중에 헷갈릴 일이 없죠.

그리고 시간 관리도 중요합니다. 한 번 분해에 착수하면 아무리 못해도 두 시간은 걸리게 돼요. 미리 여유 있게 계획을 잡아야 하죠. 예를 들어서 도중에 점심식사를 하거나 하면 머릿속이 뒤죽박죽이 되어서 알 수가 없게 되거든요.

그리고 가장 중요한 것은 분해를 얕보면 안 된다는 점이에요. 기본적으로 카메라의 분해수리는 아주 까다롭고 아주 힘든 작업이에요. 비싼 물건을 망가뜨릴 수 있다는 위험도 있구요. 저는 첫 분해 결과, 결국 카메라를 가게에 갖고 가서 수리를 맡기게 되었어요. 그 뒤에는 원래부터 고장난 카메라를 사서, 고치면 돈 버는 거지, 하는 기분으로 분해했죠.

고치는 게 목적이 아니에요. 그건 분해의 부산물입니다. 뛰어난 기계에는 자기 치유능력 같은 게 있어서, 분해하고 재조립하는 것만으로 고쳐지는 일도 있어요. 거짓말이 아니라구요."

"……분해 행위 자체를 즐긴다는 얘기야?"

"그렇죠. 기계의 내부를 들여다보면, 그곳에는 놀라움과 감동이 숨어 있어요. 톱니바퀴와 캠이 예술적으로 맞물려서 여러 가지 기능을 만들어내고 있죠. 아주 공들여 만든 부분도 있거니와, 반대로 대충 처리한 부분을 발견하는 일도 있어요. 설계자의 사상이라든가 시대배경, 시리즈의 콘셉트를 읽을 수 있기도 하구요.

나사가 한 사이즈로 통일되어 있는 건 범용부품이 많으면 단가를 낮출 수 있기 때문이고, 부품이 기능별로 유닛화되었다면 그건 정비성이 중시되고 있다는 얘기죠. 부품의 배치가 딱딱 떨어진다는 것은 조립 작업성을 중시했다는 뜻이 됩니다."

"……굉장해, 요시다 군."

나는 감탄하며 말했다.

가미사토의 휴게소까지 앞으로 일 킬로미터 정도를 남겨두고 있었다.

"그런데 뒷얘기는 잠깐 쉰 다음에 하자."

차의 속도를 줄이며 휴게소로 진입했다.

화장실에서 볼일을 마치고 기지개를 켰다. 요시다 군은 무설탕 캔커피를 샀고, 나는 설탕이 좀 덜 들어간 걸 샀다.

그리고 아메리칸 핫도그도 샀다.

우리는 인파의 흐름을 피해서 벽 쪽에 섰다. 안 사는 게 나았을걸, 하고 금세 후회하면서 아메리칸 핫도그를 먹었다. 왜 이런 곳에 들르면 반사적으로 이런 것이 먹고 싶어지는 걸까.

요시다 군은 커피 캔을 쥔 채 정차한 차의 행렬을 바라보고 있다.

오랜만에 먹은 아메리칸 핫도그. 그리고 치즈 대구포와 담배와 도쿄스포츠. 그것들은 다 하잘것 없는 것들이라, 적어도 유키나 엄마와 함께 있을 때에는 눈에 들어오지 않던 물건들이었다. 어째서일까 하는 생각이 들었다. 그녀들은 뭐랄까, 긍지 있게 자기 목소리를 내며 살고 있는 것이다.

나는 커피를 다 마시고 나서 담배를 피웠다. 요시다 군은 여전히 먼 곳을 바라보고 있었다. 피울래? 하고 묻자, 아뇨, 하고 대답했다. 담배는 이걸로 앞으로 두 개비. 그리고 아마, 아메리칸 핫도그도 이것이 마지막이다.

"갈까."

우리는 차에 올라탔다. 시동을 걸자 요시다 군이 CD를 교환했다.

"이번에는 뭐야?"

"아즈텍 카메라에요."

스피커에서 쟈가쟈가 하는 어쿠스틱 기타 소리가 들려왔다.

"기본적으로 네오 어쿠스틱은 한낮의 드라이브에 어울려요."

나는 사이드브레이크를 풀고 차를 발진시켰다.

"전체적으로 상쾌하면서 귀에 잘 들어오는 곡들이에요. 다음 곡으로 바뀌면 방금 전의 곡을 잊게 돼요. 앨범 끝까지 재생되고 다시 처음으로 돌아와도 눈치 못 채죠. 그 점이 좋아요."

깜빡이를 켜고, 주행차선에 합류했다. 요시다 군이 캔커피 뚜껑을 땄다.

"아까 어디까지 얘기했더라?"

나는 물었다.

"분해의 철칙을 설명하고 나서 끝났네요."

차의 속도가 안정되자, 흘러가는 경치에 음악이 깔끔하게 섞여들었다. 시부카와의 출구까지 앞으로 삼십 킬로미터 정도 남았다.

"그러면 하시던 말씀 마저 부탁드립니다."

"네," 요시다 군이 대답했다. "분해의 철칙으로서, 무리하지 말라, 라는 얘기는 제가 아까 말씀드렸죠?"

"응."

"하지만 분해를 처음 해볼 때는, 결국 무리를 하게 되어 있어요. 나사를 풀어도 뚜껑이 안 열려요. 그렇다고 해서 다른 데 나사가 보이는 것도 아니구요. 할 수 없이 저는 힘으로 커버를 벗겨냈죠. 망가뜨린 게 아닐까? 뭔가 풀어야 하는 걸 잊은 게 아닐까? 안 하는 게 낫지 않을까? 그렇게 생각하면서도 최종적으로는 힘으로 밀어붙이게 되었어요.

카메라의 경우에는 차광성이 중요하기 때문에, 부품도 복잡한 형태로 조합되어 있어요. 맞물려 있는 부품에 접착제가 발라져 있는 경우도 많죠. 그러니까 아까 얘기하고는 모순되긴 하지만, 어느 정도 무식한 방법을 동원하지 않으면 내부를 들여다볼 수 없어요. 최후에는 용기가 필요하죠. 경험을 쌓으면, 어느 정도의 용기까지 허용되는지 감이 잡히게 돼요. 카메라 분해에 필요충분적인 용기의 양을 딱 잘라 말하기는 어렵지만, 저에게는 딱 좋은 양이었어요. 얻어진 결과와의 밸런스가 알맞거든요."

요시다 군은 캔커피를 한 모금 마셨다.

"처음에는 운이 좋았죠. 무사히 안을 들여다볼 수 있었어요. 카메라의 내부는 미지의 소우주였어요. 손톱만한 부품들이 빽빽이 들어차 있고, 서로 연동해서 유기적으로 움직여요. 저는 셔터를 눌러봤어요. 각각의 기계부품들이 여기저기서 동시에 움직이더군요. 한 번에 이해하는 건 도저히 불가능했어요. 몇 번이나 다시 감고, 몇 번이고 셔터를 눌렀죠. 감동이었어요. 가슴이 뜨거워졌죠."

요시다 군은 캔커피를 기울여서 입술을 적셨다.

"그날도 다시 카메라를 원래대로 조립하고 나서 끝이었죠. 경험적으로 말하자면 분해하는 데 한 시간, 어떤 작업으로 사십오 분, 조립하는 데 십오 분, 합계 두 시간이 가장 좋은 밸런스예요. 작업이 다 끝나면 커피를 마시곤 했죠."

요시다 군은 다시 목을 축였다. 단상 위의 변사가 된 것 같았다.

"다음번에 같은 상황까지 분해하는 건 금방이에요. 두번째는 물 흐르듯이 진행되기 마련이니까요. 그리고 메모를 하면서, 다른 커버나 유닛을 분리해나가는 거죠. 그때의 목적은 어찌됐든 움직이는 부품을 파악하고, 그곳을 청소할 수 있을 정도로 분해하는 것이었어요. 그 뒤에는 분해하고 재조립의 반복이죠.

열 번이나 분해를 반복했을 때, 내부의 간단한 스케치가 완성되었어요. 내부 구조도 이해할 수 있었고, 기름을 칠해야 할 곳도 알 수 있었어요. 저는 스프레이식 클리너로 내부를 청소하기로 했죠. 내용물을 뿌리고 더러운 것을 닦아내는 타입인데, 휘발성이라 아무것도 남기지 않아요. 뿌리니까 깜짝 놀랄 정도로 거무칙칙한 액체가 뚝뚝 떨어졌어요.

그 뒤에 그리스를 발랐죠. 너무 많이 바르지 않도록 주의하면서, 이쑤시개 끝에 아주 조금만 묻혀서 발라나가요. 기본적으로는 움직이는 부분 전부 발랐어요. 셔터를 누르면서 바르면, 구석구석까지 바를 수 있죠. 그러고 나서 다시 원래대로 조립했어요."

전방에 과속카메라가 보여서 나는 조금 속도를 늦추었다.

"조립하고 나서 셔터를 눌러보니 상태가 좋아진 듯한 느낌이 들었어요. 기분 탓일지도 모르죠. 하지만 그 뒤에 사진을 찍어보니, 흐릿하게 나오던 사진이 또렷하게 찍히게 되었더라고요."

"오호, 그거 굉장한걸."

나는 속도를 원래대로 높이며 말했다.

"감사합니다. 하지만 운이 좋았던 것뿐이에요."

"겸손해하지 않아도 되는데 말이야."

"아뇨, 그건 정말로 운이 좋았어요."

요시다 군은 왠지 모르게 운을 강조했다.

"그 다음에는?"

"그뒤에도 같은 일을 몇 번이나 했죠. 그리고 블로어라든가, 게눈 렌치라든가 하는 그런 도구들을 갖추게 되었죠."

"게눈 렌치?"

"예, 그게 아니면 스냅링 플라이어 같은 것도 괜찮지만요."

"그건 단연코 게눈 렌치가 낫겠네."

게의 눈알을 떠올리면서 나는 말했다.

"그러네요."

"전부 몇 대 정도 분해했어?"

"지금까지 네 대요. 적당한 정도로 고장난 카메라는 은근히 손에 넣기 쉽지 않아요. 만족할 때까지 작업하는 데에 시간도 걸리죠. 지금 이야기한 녀석도 고치는 데는 반년 정도 걸렸어요. 두 대째는 일 년 동안 작업했는데 결국 고치지 못했어요."

"오호~"

나는 아주 감동하며 말했다. 일 년이란 시간을 들여가며 꾸준히, 고장난 카메라에 정성을 쏟아부은 요시다 군.

"취미라기보다는 생업 같은 느낌인걸."

"그런지도 모르겠어요."

룸미러에 비치는 요시다 군은, 똑바로 앞을 바라보고 있었다.

"저는 마지막 카메라를 히가시주조의 위클리 맨션에서 조립했어요. 펜탁스의 ME라는 물건이에요. 펜탁스는 제가 가장 좋아하는 카메라예요. 분해하면서 생각했지요. 앞으로 내 인생은 가족을 위해서 존재한다. 저는 가족을 위해서 살고 싶어요. 그렇게 생각했어요. 저는 가족을 위해서 살아갈 겁니다."

가족을 위해서 살아간다……

나는 핸들을 고쳐 쥐었다. 뒤쪽으로 흘러가는 주위 풍경에 정신이 팔리지 않도록, 의식해서 액셀을 정위치로 유지했다. 푸르른 논 저편에 산이 보였다.

받아들여라. 나는 생각했다. 소중한 의친구가 그렇게 말한다면 내가 할 수 있는 일은 그것을 받아들이는 것뿐이다.

"가족이라 함은 마이코 씨?"

"예. 지금은 그렇게 되네요."

"그렇군." 나는 말했다. "그건 괜찮을지도 몰라."

"예에."

요시다 군은 기뻐하는 얼굴로 대답했다. 그 목소리는 아즈텍 카메라의 경쾌한 악곡을 배경으로 아름답게 비쳐졌다.

"실은 지금, 그 펜탁스를 가지고 있어요."

"찍을 수 있게 된 거야?"

"예. 날씨가 좋으면 제대로 찍힐 겁니다."

요시다 군은 안전벨트를 만지작거리면서 말했다.

"저쪽에 도착하면 같이 사진을 찍어주시겠어요?"

"……상관은 없어."

시부카와 인터체인지까지는 앞으로 십 킬로미터였다. 나는 약간 속도를 올렸다.

돌아갈 때는 유키와 마이코 씨를 태우고 넷이서 드라이브를 하자.

유키는 요시다 군에게 여러 가지 질문을 하고, 요시다 군은 엉뚱한 대답을 하겠지. 나는 웃고, 마이코 씨도 웃는다. BGM은 네오 어쿠스틱이 좋겠다. CD가 한 바퀴 돌아도 아무도 깨닫지 못하기 때문이다. 가미사토 휴게소에도 들르자. 유키에게는 아메리칸 핫도그를 먹은 적이 있냐고 물어보자.

이제부터 요시다 군은 가족을 위해서 산다. 잘은 모르겠지만, 그렇게 결정한 나의 의친구는 참 좋아 보였다. 필요하다면 내가 대신 카메라의 분해를 떠맡게 되어도 좋다. 분해의 혼은 연쇄된다.

나는 주머니에 손을 찔러넣어서 안에 있던 홋카이도 밀크를 꺼냈다.

"이거, 줄게."

"감사합니다."

즐거운 리듬으로, 요시다 군은 말했다.

구사쓰에 도착한 것은 오후 두시 정도였다.

창문을 열자 시원한 바람이 불어들어와서 조금 놀랐다.

약속시간인 네시까지는 아직 여유가 있었기 때문에, 우리는 숙소에 차를 맡기고 온천 마을을 걷기로 했다. 숙소는 아담한 서양식 사층 건물로, 일층을 싹 파낸 듯한 형태의 주차장이 자리하고 있었다. 차를 세우자 감색 한텐*을 입은 남자가 나타났다.

남자는 붙임성 있게 웃음을 지으면서 어서 오세요, 하고 말했다. 이름을 대고서 차를 맡겨도 괜찮겠느냐고 묻자, 물론이죠, 걱정 마세요, 하고 대답했다.

"여기를 내려가면 유바타케고, 반대쪽으로 올라가면 사이노카와라 입니다."

그는 친절하게 말해주었다. 한텐의 왼쪽 가슴에 '희락관 야마모토' 라고 쓰인 이름표가 보였다.

야마모토 씨에게 인사를 하고, 우리는 유바타케로 향했다. 황화수소의 냄새가 기분좋게 느껴졌다.

"온천의 증기는 들이마시기만 해도 효과가 있대요."

요시다 군이 말했다.

유바타케까지 가는 외길에는 기념품 가게나 국숫집, 찻집, 유리 공예품을 파는 가게 등이 쭉 늘어서 있었다.

도중에 좁은 길을 꽉 메운 몇 사람의 무리가 소리 높여 외치며 온천 만주를 나눠주고 있었다. 그냥 지나쳐가려는 참에

---

* 주로 서비스업에 종사하는 사람이 입는 간소한 일본 전통 겉옷.

집게에 집혀 있는 만주가 눈앞으로 불쑥 들이밀어졌다. 받아 들자, 어떤 아저씨의 웃는 얼굴이 보였다. "받으세요, 받으세요." 아저씨는 그렇게 말했다. 손에 든 만주는 아직 따뜻했다.

"이제 막 도착해서, 아직 못 사요." 내가 말하자, 아저씨는 "괜찮아요, 받으세요" 하고 말하면서 웃었다. "괜찮으시다면 차도 드세요." 뒤에 서 있던 아줌마가 말했다. 차는 거절하고 만주 공격지대에서 벗어났다.

뒤에서 요시다 군이 종종걸음으로 쫓아왔다.

"굉장하네요."

느긋한 목소리로 그렇게 말한 요시다 군의 손에는 만주가 들려 있지 않았다. 나는 만주를 반으로 나눠서 그에게 내밀었다. 은근히 눈치 없는 녀석이다.

우리는 만주를 먹으면서 길을 내려갔다.

"온천 만주에도 온천 효과가 있을까?"

"들은 적은 없네요."

요시다 군은 웃었다.

유바타케에 도착하자, 그곳에는 조금 감동적인 광경이 펼쳐져 있었다.

전체를 내려다보면 극락처럼 보이고, 자세히 관찰하면 지옥처럼 보이기도 했다.

온천 원천(源泉)에서 솟아나온 뜨거운 온천수는, 일단 가로막혀 한데 모인 뒤에 여섯 개의 나무통으로 나뉘어 흘러간다. 온천수는 페이스트처럼 침전된 녹백색 유황 위를 미끄러지듯이 흘러가다가, 마지막에는 폭포가 되어서 탕으로 흘러내린다. 수증기가 뭉게뭉게 끊임없이 피어오르고 있었다.

온도 56도, pH 2.08. 요시다 군은 적혀 있는 그 수치에 감탄사를 연발했다. 이것 봐요, 2.08이래요. 그는 그렇게 말했다. 탁월한 살균력, 이라는 설명도 곁들여 있었다.

'쇼군도 애용하던 온천' 이라는 간판도 있었다. 이 온천수를 나무통에 담아 수레로 에도까지 실어 날랐던 모양이다. pH 2.08짜리를 콸콸 뿜어내는 구사쓰도 굉장하지만, 그것을 실어오게 하는 쇼군도 대단하다.

우리는 유바타케를 한 바퀴 돌아보았다. 다른 관광객들이 드문드문 보였다.

족탕이라는 것이 있었다. 발만 온천수에 담그는 탕이었다.

우리는 신발을 벗고 맨발로 나란히 그곳에 발을 담갔다. 요시다 군은 눈을 감고, 아아~ 하는 소리를 냈다. 나도 후우, 하고 숨을 내쉬었다.

온천 폭포의 소리와 냄새. 디오라마 같은 거리의 풍경. 정말 '구사쓰는 좋은 곳, 한 번 들러요' 라는 선전문구대로였다.

족탕에서 나오자, 운전으로 지쳤던 발이 놀랄 만큼 쌩쌩해져 있었다. 어느새 나는 입을 헤벌리고 웃고 있었다. 좋다. 구사쓰는 좋다. 굉장히 좋다.

요시다 군이 어깨에 카메라를 메고 있는 노인을 발견하고 그쪽으로 달려갔다. 자신의 펜탁스를 보이고는 그와 몇 마디 이야기를 나눈다. 노인이 고개를 끄덕이는 것이 보였다.

요시다 군은 부끄러운 듯 돌아와서, 잠깐 저쪽으로 가시죠, 하고 말했다. 요시다 군의 손에 카메라는 없었다. 요시다 군의 카메라를 든 노인이 우리 앞쪽으로 걸어가고 있었다.

우리는 온천 폭포를 배경으로 나란히 섰다. 노인이 펜탁스를 잡고 파인더를 들여다보았다. 왼쪽에서 걸어오던 커플이 우리 앞에서 발을 멈췄다. 오른쪽에 있던 유카타 차림의 단체여행객들도 어엇, 하더니 움직임을 멈췄다.

노인은 초점을 맞췄다. 길고긴 시간을 들여서 노인은 초점을 맞췄다.

— 찰칵.

걸음을 멈추고 있던 커플이 다시 걷기 시작했다. 단체 여행객들도 다시 큰 소리로 떠들기 시작했다.

"감사합니다."

요시다 군은 노인에게 달려갔다. 노인과 요시다 군은 웃는 얼굴로 몇 마디 이야기를 나누었다.

우리는 다시 조금 걷다가 재떨이가 있는 곳에서 발을 멈췄다. 나는 담배에 불을 붙이고 하늘을 향해 연기를 내뿜었다. 마지막 한 개비를 권했지만 요시다 군은 거절했다.

조금만 더 있으면 유키 일행과 합류할 시간이었다.

생각해보면, 이렇게 며칠씩 유키와 떨어져 있었던 것도 오랜만이었다. 유키와 만나면 요시다 군에 대해 해줄 얘기가 한가득 있다. 분해의 철칙. 요시다 군의 결의. 유키는 아주 흥분하며 그 이야기를 듣겠지.

마이코 씨와 요시다 군은 무슨 이야기를 나눌까. 뭔가 문제가 일어날 것 같다면, 가능한 수를 다 써서라도 막아줘야 한다. 요시다 군은 나에게 마음을 열고 여러 가지 이야기를 해줬다. 그가 마이코 씨를, 그리고 마이코 씨와의 생활을 사랑하고 있음에는 의심할 여지가 없다. 발명에 홀린 인간처럼, 가출에 홀려버린 요시다 군. 그것은 분명히 그에게 있어서 꼭 필요한 일이었던 것이다. 하지만 이젠 거기서 깨어났다. 그것은 여름휴가와 마찬가지로, 언젠가 끝나는 일인 것이다.

나는 담뱃불을 껐다. 드디어 한 개비만이 남았다.

"온천에라도 들어갈까?"

후련해진 기분으로 나는 말했다.

"그거 좋죠."

요시다 군은 활짝 웃었다.

우리는 그 뒤에, 유바타케 근처의 대중온천에 들어갔다.

남자 둘이서 온천에 들어간 것도, 탕의 온도가 너무 높았던 것도 그리 큰 문제는 아니었다. 숙소로 향하는 도중에 다시 만주 공격을 받았지만, 그것도 그리 싫지는 않았다.

문제는 숙소로 돌아가 둘이서 체크인을 했을 때 발생했다.

아담한 서양식 건물의 바깥계단을 올라가자, 미닫이문이 달린 입구가 있었다. 입구를 열자 딸그랑딸그랑 하는 소리가 났다. 산양의 머리에 붙어 있는 방울 같은 소리였다.

안은 중간 정도 규모의 다이닝 레스토랑으로 꾸며져 있었고, 오른쪽 구석에 주방이 있었다. 그 앞에 간소한 카운터가 있었는데, 그곳이 프런트인 듯했다.

사람을 부르자 주방 안쪽에서 남자 한 명이 나왔다. 가게 주인이라는 느낌이 물씬 나는 남자였다. 이름을 말하자 그는 아하, 하고 말했다. 안경 너머로 가만히 우리를 바라보다가, 예, 예, 하고 두 번 말했다.

"기다리고 있었습니다. 전보가 와 있습니다."

그는 담담한 어조로 말하고 파란색 종이봉투를 내밀었다.

나는 그 봉투를 받아들었다. 전보……?

"이쪽에 이름과 주소 부탁드립니다."

남자는 그것과는 따로 체크인용 서류를 가리켰다.

짐을 내려놓고 서류에 내용을 적어나갔다. 남자는 나의 손놀림을 주시하고 있었다. 뒤에서는 희미하게 요시다 군의 숨소리가 들려왔다.

다 쓰고 나서 요시다 군과 교대했다. 요시다 군은 긴장한 얼굴로 볼펜을 쥐었다. 나는 한 걸음 물러서서 봉투를 뜯었다. 프런트의 남자가 내 쪽을 유심히 관찰하는 것을 알 수 있었다.

—내일 아침 열시에 그쪽으로 합류하겠습니다. 걱정하지 마. 유키, 마이코.

나는 전보를 반으로 접어서 주머니에 넣었다. 아무렇지도 않은 척하며 짐을 들고, 머릿속에서 재빨리 전보의 내용을 복창했다. '내일 아침 열시에 그쪽으로 합류하겠습니다. 걱정하지 마. 유키, 마이코.'

프런트 쪽으로 눈길을 주자, 남자가 나에게서 시선을 돌렸다. 서류를 다 채운 요시다 군이 고개를 들었다.

"감사합니다."

남자는 말했다.

"오동나무실로 안내하겠습니다."

남자의 시선은 나와 요시다 군 사이를 스쳐 지나가, 어느 샌가 우리 뒤에 와 있던 남자에게 향했다. 그 남자가 프런트로 다가와서 방 열쇠를 받아들었다. 아까 주차장에서 이야기를 했던 사람. 분명히 야마모토라는 이름이었다.

"예약 인원은 두 명으로 되어 있습니까?"

나는 프런트에 있는 남자에게 물었다.

"……예약 인원이요?"

무슨 소린지 못 알아듣겠다는 얼굴로 남자는 나를 바라보았다.

"예, 두 명으로 되어 있습니다만."

남자는 앞에 놓인 서류를 뒤적이고서 다시 나를 보며 말했다.

"……더 오실 분이 계십니까?"

남자와 요시다 군과 야마모토 씨 세 사람의 시선이 나에게 집중되었다.

"아뇨, 됐습니다."

나는 아무렇지도 않은 목소리로 말했다.

야마모토 씨는 프런트의 남자를 올려다보듯이 한 번 쳐다본 뒤에, 나를 바라보았다. 그리고 이쪽으로 오시죠, 하고 말했다.

야마모토 씨를 따라서 우리는 프런트를 떠났다. 요시다 군이 불안한 듯 이쪽을 보았기에 전보를 꺼내서 보여주었다. 나중에 얘기하자, 하고 작게 말했다.

우리는 야마모토 씨를 따라서 계단을 올라갔다. 외관과 레스토랑 외에는 일본식 구조였다. 우리는 오동나무실으로 안내되었다.

방은 다섯 평 정도 되어 보이는 일본식 방이었다. 난방기구와 텔레비전과 큼직한 앉은뱅이 탁자. 나무로 된 좌식의자와 방석들. 필요한 모든 것들이 갖추어져 있었다. 장지문 너머의 창문 쪽에는 툇마루 같은 공간이 있었고, 방 가장자리에는 냉장고와 작은 테이블을 끼고서 의자가 마주 놓여 있었다.

"저희 여관에 와주셔서 감사합니다."

야마모토 씨가 그렇게 입을 열었다.

"지금, 차를 끓이겠습니다."

정좌한 야마모토 씨가 차 상자의 뚜껑을 열었다. 귀이개 같은 수저를 사용해서 차 통에서 다관으로 찻잎을 옮겨 담고서, 몸을 옆으로 돌리며 포트의 뜨거운 물을 다관에 부었다.

우리는 앉은뱅이 탁자 앞에 나란히 앉았다.

"곁들여 먹는 과자입니다. 드세요."

야마모토는 다과를 내밀었다. 작은 떡 같은 과자였다. 우리는 "감사합니다"라고 말하며 동시에 고개를 숙였다.

꼴꼴꼴꼴, 하는 물소리와 함께 야마모토 씨가 차를 따랐다. 호지차*의 좋은 향기가 났다.

"조금 뜨거우니 조심하세요."

야마모토 씨가 차를 내밀었다. 우리는 다시 동시에 "감사합니다"라고 말하며 고개를 숙였다.

---

* ほうじ茶. 찻잎을 고온에서 볶아서 만든 차.

"저녁식사는 여섯시부터 준비됩니다. 시간이 되면 아래로 내려와주시면 됩니다."

"알겠습니다."

"아침식사는 일곱시부터 여덟시까지입니다."

"알겠습니다."

"목욕은 일층에서 하시면 됩니다. 이십사 시간, 언제라도 자유롭게 이용하세요."

"알겠습니다."

야마모토 씨는 내 눈을 가만히 쳐다보았다. 나는 그 시선을 피하며 호지차를 마셨다. 야마모토 씨는 요시다 군 쪽을 흘끗 보았다. 요시다 군도 차를 마시고 있었다. 야마모토 씨는 다시 내 눈을 보았다.

그가 뭔가를 말하고 싶어한다는 것은 알 수 있었다. 그러나 솔직히 나는 얼른 이 자리에서 물러가주기를 바랐다.

"그러면," 야마모토 씨가 무거운 엉덩이를 들었다. "무슨 일 있으시면 불러주세요."

우리는 일어서서 그를 배웅했다. 문이 닫히고 계단을 내려가는 소리가 이어지고, 이윽고 그 소리도 사라졌다.

요시다 군은 느릿느릿 움직여서 방석 위에 앉았다.

"……어떻게 된 건가요?"

요시다 군은 울 것 같은 얼굴로 말했다.

나는 천천히 숨을 내쉬었다. 툇마루에 있는 테이블 앞까지 걸어가서, 의자에 앉았다. 테이블 위에는 재떨이가 놓여 있었다.

"전보에 씌어 있는 대로야."

나는 담배를 꺼냈다.

"저하고," 요시다 군이 가만히 입을 열었다. "저하고 만나고 싶지 않다는 뜻일까요?"

"기본적으로 요시다 군에게는 뭐라고 말할 권리가 없어."

나는 담배에 불을 붙이려다가 붙기 직전에 그만두었다. 생애 마지막 담배를 이런 순간에 피울 수는 없었다.

"받아들여." 나는 말했다.

"유키와 마이코 씨가 그렇게 전보를 쳤다면, 우리가 할 수 있는 건 그것을 받아들이는 일 뿐이야."

"……받아들여라."

요시다 군이 그 말을 되뇌었다.

"유키하고 마이코 씨는 오늘은 안 와. 내일 열시에 합류할 거야."

"예, 죄송합니다. 저 때문에 정말로 죄송합니다."

"아냐, 어쩔 수 없어. 받아들이자구."

웃차, 하고 나는 일어섰다. 짐을 정리해서 서랍에 넣고, 유카타와 칫솔을 체크했다. 텔레비전을 켜고 좌식의자에 기대어 남아 있는 호지차를 마셨다.

요시다 군은 그 뒤로 "정말 죄송합니다"를 세 번 반복했다.

여섯시까지 두 시간 동안, 우리는 아무것도 하지 않고 보냈다.

대화도 거의 없이, 하품을 하면서 재방송 드라마를 보았다. 도중에 몇 번인가 깜빡깜빡 졸기도 했다. 드라마가 끝나자 애니메이션이 시작됐고, 애니메이션이 끝나자 뉴스가 시작되었다.

뉴스 화면에 새끼 침팬지가 비춰지고, 거기에 '세계최초'라는 텔롭이 떴다. 아침에 신문에서 봤던 인공수정으로 태어난 침팬지의 뉴스였다.

참 긴 하루네, 하는 생각이 들었다. 그러나 그 하루는 아직 계속된다. 호지차는 결국 세 잔이나 마셨다.

시간이 되었기 때문에 우리는 레스토랑으로 내려갔다. 나와 요시다 군은 테이블을 사이에 두고 마주 앉았다. 테이블 두 자리 너머에서는 한 쌍의 노부부가 앉아 있었다.

아까 프런트에 있던 남자가 요리를 들고 왔다. 아무래도 이 남자가 이 업소의 주인 겸 조리장인 모양이다. 남자는 말없이 전채요리를 차렸다. 프런트에서 대응할 때부터 느낀 거지만, 어쩐지 태도가 건방진 남자였다. 말의 내용은 정중하나, 내뱉는 듯한 어조로 이야기한다.

차려진 전채요리는 훈제 참치와 가리비관자 마리네이드였다. 요리는 젓가락으로 집어먹게 되어 있는 듯했다. 맛은 좋았다.

남자는 주방으로 돌아가고, 다음 요리부터는 여성이 들고 왔다. 여성은 간결하고 부드러운 목소리로 간단한 설명도 해주었다.

스프. 물고기 요리. 야채 요리. 고기 요리. 식사 코스가 진행되었고, 진행되어감에 따라 확신이 깊어져갔다. 그렇다, 이것들은 전부 맛있다. 특히 메인디시인 비프스튜는 훌륭했다. 부드럽게 푹 삶은 뱃살에, 깊고 진한 데미그라스 소스. 둘이 먹다가 하나가 죽어도 모를 맛이란 이런 걸 두고 하는 말이 아닐까.

요시다 군도 나와 같은 기분인 듯 점점 표정이 밝아져가는 것을 곁눈질로도 알 수 있었다. 우리는 작은 목소리로, 맛있네, 하는 말을 주고받았다. 이렇게 되고 보니 주인이 붙임성이 떨어지는 것도 하는 수 없다는 생각이 들었다. 맛있는 요리를 만들기 위해서는 다소 희생해야 하는 것이 있을지도 모른다.

디저트가 나왔다. 구운 홍옥에 바닐라 아이스크림이 곁들여지고, 위에 생크림과 몽실몽실한 선 모양의 뭔가가 끼얹어져 있었다. 맛있다, 너무 맛있다. 우리는 웃음을 참으면서 그렇게 말했다.

마지막으로 커피가 나왔다. 우리는 아주 만족하고 있었다. 맛있네요, 하고 요시다 군이 말했다.

그때 유카타를 입은 세 사람의 젊은 남자가 레스토랑으로 들어왔다. 삼인조는 무슨 말인가를 주고받으면서 레스토랑 안을 둘러보았다. 한 남자가 창가를 가리키자 다른 두 사람은 그래그래 하고 대답했다. 삼인조는 우리와는 반대쪽 창가까지 걸어갔다. 그들은 슬리퍼를 짝짝 끌면서 걸었다.

잠시 시간이 지나자 이번에는 젊은 여성 사인조가 내려와서 그 자리에 합류했다. 그중 두 사람이 지나쳐가면서 흘끗 요시다 군을 보았다.

우리는 커피 잔에 입을 댔다.

창가 자리에서는 시끄러운 이야기꽃이 피어났다. 역시 강변은 달라, 라든가, 청바지 보면 알 수 있어, 하는 얘기가 들려왔다. 무뚝뚝한 주인이 그 자리에 전채요리를 날랐다. 잠시 후에 이번에는, 상어는 물고기야, 라든가, 유명하다구, 하는 이야기가 들렸다.

우리는 커피를 홀짝였다.

그러다가 그들의 이야기 소리가 잦아든 것을 깨달았다. 순간적으로 그들의 시선이 이쪽을 향한 듯한 느낌이 들었다. 나는 요시다 군의 얼굴을 보았다. 요시다 군도 흘끗 나를 보았다.

그 뒤에 그들의 폭소가 들려왔다. 폭소는 한동안 이어지고, 그것은 그 뒤에 소곤거리는 목소리로 전환되었다. 무슨 얘기를 하고 있는지는 알 수 없었다. 우리는 각자의 커피를 깨끗이 비웠다.

나는 컵을 두고 일어섰다.

"가자."

나는 요시다 군에게 말했다.

"가죠."

요시다 군도 일어섰다.

우리는 레스토랑을 나왔다. 말없이 계단을 올라, 오동나무실 앞에서 멈춰 섰다. 요시다 군이 방 열쇠를 꺼내서 열쇠구멍에 찔러넣었다. 찰캉 하며 용수철식 빗장이 튀어오르고, 천천히 문이 열렸다.

앉은뱅이 탁자 위는 이미 깨끗이 정리되어 있었다.

그 자리에는 이불 두 채가 나란히 깔려 있었다. 이불은 정중하면서도 완벽하게 깔려 있었다. 이불과 이불 사이가 십오 센티미터 정도 떨어져 있었다.

십오 센티미터. 그것은 오 센티미터도 오십 센티미터도 아니라 십오 센티미터였다. 아주 미묘한 거리를 두고, 두 개의 이불은 나란히 깔려 있었다.

"……뭔가 큰 오해를 받고 있는 것 같네요."

드디어 요시다 군이 그 말을 꺼냈다.

"틀림없어."

나도 말했다.

천천히 분노가 치밀어오르는 것을 스스로도 알 수 있었다.

뭐야 그 자식, 하고 나는 생각했다. 분노는 아까의 남녀 일곱 명을 향한 것이었다. 그 녀석들은 상어가 물고기인 것도 몰랐던 주제에, 우리를 비웃어댔던 것이다.

"뭐야, 그놈들."

나는 그렇게 내뱉었다.

"정말 그래요."

요시다 군도 같은 기분인 모양이었다.

"뭐가 강변이냐고!"

나는 그렇게 말하면서 이불을 걷어찼다.

유키와 마이코 씨도 마찬가지다. 그 두 사람은 남자 둘이 온천에 묵는 여행의 불합리함을 눈곱만큼도 생각하지 않은 것이다.

기역자로 뒤틀린 모습의 이불을 바라보면서, 어쩌면 이건 벌이 아닐까, 하고 생각해보았다. 하지만 잘못한 사람은 요시다 군이지 내가 아니다.

"거기 가만히 서봐."

나는 요시다 군에게 명령했다. 요시다 군은 미심쩍은 표정을 지으면서 내가 가리킨 장소로 이동했다.

"그대로, 저쪽을 봐."

요시다 군은 내가 하란 대로 몸을 돌렸다. 나는 요시다 군의 등뒤에 서서, 자신과 이불의 거리를 확인했다.

"왜 그러세요?"

요시다 군은 물었다. 됐으니까 시키는 대로 해, 하고 말하면서 나는 요시다 군의 허리에 팔을 둘렀다.

"뭐냐고요."

요시다 군이 다시 한번 그렇게 말했을 때, 나의 양팔은 요시다 군의 허리를 단단히 붙잡고 있었다.

"자, 잠깐만요!"

나는 충분히 허리를 낮춘 뒤에, 요시다 군을 들어올렸다. 우왓, 하고 요시다 군은 소리쳤다.

저먼 스플렉스. 프로레슬링의 예술품이라 불리는 이 기술로, 나는 요시다 군을 번쩍 들어 넘겼다. 쿠당, 하고 파괴적인 큰 소리가 났다. 아름다운 인간 다리가 구사쓰의 희락관, 오동나무실에 만들어졌다.

이 기술은 독일의 칼 고치가 개발했다. 그때까지의 프로레슬링의 개념을 바꾸는 획기적인 기술이었다고 한다. 중학교 때 우리 반에서 이 기술을 쓸 수 있는 사람은 나밖에 없었다. 브리지를 유지한 채로 마음속으로 카운트를 셋까지 세고 나서 잡고 있던 손을 풀었다. 요시다 군은 이불 위에서 데구르르 구르더니 정좌하듯 앉아서 나를 보았다.

"지금 뭐 하시는 거예요~"

뒤통수를 문지르면서 요시다 군은 말했다.

"깜짝 놀랐잖아요~"

요시다 군은 재미있다는 얼굴로 나를 올려다보았다. 나는 갑자기 유쾌한 기분이 들어서 소리를 내며 웃었다.

"재미없다구요~"

그렇게 말하면서 요시다 군도 웃었다.

"나는 목욕하고 올게."

"네~"

"같이 갈래?"

"안 가요."

요시다 군은 기쁜 듯이 대답했다.

탕 안에 앉자, 침전되어 있던 유황가루가 일제히 떠올랐다.

원천에서 흘러들어온 온천수. 물은 약간의 점도가 느껴져서 뭔가 몸에 아주 좋을 것 같은 느낌이 들었다. 나는 찰팍찰

팍 수면을 치면서, 이것만으로도 오길 잘했다고 생각했다.

룰루루 하고 노래를 부르면 굵고 큰 소리가 울려퍼지고, 라라라 하고 노래하면 높은 음이 났다.

나는 매우 만족하며 탕을 나왔다.

목욕탕과 본관을 잇는 복도에는 시원한 바람이 불고 있었다. 유카타가 살랑거려서 기분이 좋았다. 탕에서 나올 때 물기를 짜냈던 타월에서는 계속해서 좋은 냄새가 났다.

오동나무실로 돌아와서, 요시다 군에게 "맥주 사가지고 올게" 하고 말했다.

"네~" 요시다 군은 고분고분하게 말했다. "저는 지금부터 목욕탕에 갈 거예요."

숙소를 나와 유바타케 방면으로 향했다. 만주 공격은 이미 끝나 있었다. 유바타케 앞의 술집에서 맥주 여섯 병과 냉주(冷酒) 두 병, 그리고 마른 오징어를 샀다.

유카타 차림의 관광객이 유바타케로 향하고 있었다. 유바타케는 조명에 비추어져서 에메랄드그린으로 빛나고 있었다. 정말 아름답군, 하고 나는 생각했다.

지금까지 자주 보아왔던 폭포와 유바타케에서 떨어지는 온천수의 폭포는 소리도 분위기도 다르다는 걸 깨달았다. 보통 폭포는 콰과과과과 이지만, 온천수 폭포는 퍼버버버버. 배경음은 냉수가 솨아~ 하고 나는데, 온천수는 슈우~ 하고 난다. 보통 폭포가 뭔가를 토해내려고 하는 듯 보이는 것에 반해, 온천수는 뭔가를 끌어들이려고 하는 것처럼 보였다.

유바타케를 한 바퀴 돌아보고 숙소로 돌아왔다.

오동나무실에는 따끈따끈해진 요시다 군이 나를 기다리고 있었다.

"늦으셨네요."

기분좋은 듯 나른한 목소리로 요시다 군이 말했다. 구사쓰의 온천은 모든 사람을 행복하게 만드는 모양이었다.

"요시다 군, 오늘은 한번 거하게 마셔보지 않겠나?"

옛날 드라마에 나오는 회사간부처럼 말하며, 사가지고 온 맥주를 내밀었다.

우리는 경쟁하듯이 맥주를 비워나갔다.

옆에 이불도 펴져 있겠다, 걱정 없이 마냥 마시기만 하면 되었다. 왜 이렇게 되었는지는 잘 모르겠지만, 벌컥벌컥 마셨다. 맥주가 다 떨어지자 냉주로 바꾸었다.

어쩐지 유키와 마이코 씨도 지금쯤 어딘가에서 술을 마시고 있을 것 같다는 기분이 들었다. 요시다 군에게 그렇게 말하자, 그렇겠군요, 하며 즐거운 얼굴로 대답했다. 그렇다면 이런 것도 꽤 좋네요, 하며 요시다 군은 덧붙였다.

사온 술이 떨어져서 냉장고에서 맥주를 한 병 꺼냈다. 요시다 군은 그것을 정확히 반 정도 마셨을 즈음에, 잠이 오네요, 하고 말하며 이불 속으로 들어갔다.

"pH 2.08은 어느 정도로 대단한 거야?"

"산성도로 따지면 위액하고 별다를 거 없지 않을까요."

"그거 굉장한걸."

"굉장하지요~" 요시다 군은 늘어지는 목소리로 말했다.

요시다 군은 한 번 몸을 뒤척이더니, 금방 색색 숨을 내쉬며 자기 시작했다.

나는 남아 있는 맥주를 느긋하게 마셨다.

시계를 보니 아직 열시였다. 텔레비전에서는 동물을 소재로 한 퀴즈 프로그램을 하고 있었다. '체코의 쥐 사냥꾼'이라는 이름의 작은 개에 대한 특집이었다.

세면실에 가서 양치질을 했다. 돌아오자 요시다 군은 아까와는 다른 모습으로 자고 있었다.

나도 졸리다는 것을 느꼈다.

저먼 스플렉스의 흔적이 남아 있는 이불을 정리하고, 옆 이불과 일 미터 정도 거리를 두었다. 불을 끄기 전에 다시 한 번 책상에 놓여 있던 전보를 읽었다. '내일 아침 열시에 그쪽으로 합류하겠습니다. 걱정하지 마. 유키, 마이코.'

드러눕자마자, 다른 생각을 할 새도 없이 눈 깜짝할 사이에 잠에 빠져들었다.

왜 이런 시간에 일어나게 되었는지 모르겠다.

깊은 바닷속을 잠항하고 있던 잠수정이 천천히 수면으로 올라오듯이, 나는 잠에서 깨어났다.

몸을 일으켜서 화장실에 갔다. 오랜 시간 동안 소변을 보고, 될 수 있는 한 소리를 내지 않도록 하며 방으로 돌아왔다.

"……죄송합니다. 깨워버렸나요?"

요시다 군의 쉰 목소리가 났다. 목소리는 창가에서 들려왔다. 요시다 군이 테이블 앞의 의자에 앉아 있었다.

"일어났어?"

조금 놀라며 나는 물었다.

"예." 작은 목소리로 요시다 군이 말했다. "조금 전에 눈이 떠졌어요."

나는 발밑에 주의하면서 창가로 걸어가서 요시다 군의 맞은편에 앉았다. 요시다 군이 호지차를 따라주었다.

"지금 몇시지?"

"세시 거의 다 돼가요."

소곤거리는 듯한 목소리로 요시다 군이 말했다.

"밖이 은근히 밝네요."

요시다 군은 일어서서 커튼을 젖혔다. 바깥의 엷은 빛이 방 안을 비추었다.

"분명히 달이 떴을 거예요."

나의 의친구는 계속 창밖을 바라보았다. 옆모습이 창틀에 아름답게 비치고 있었다. 창밖에는 유바타케로 이어지는 길이 보였다.

나는 호지차를 마셨다. 따뜻한 호지차가 몸속에 배어드는 것 같았다. 어느새 머리가 맑게 깨어 있었다.

"산보라도 하시지 않겠어요?"

요시다 군이 제안했다.

"가죠."

요시다 군은 이쪽을 돌아보며 빙긋 웃었다. 고르게 난 이빨이 입 사이로 보였다.

"……갈까."

"네~"

요시다 군은 통통 튀듯이 내 옆을 지나가더니 문 근처에 상비되어 있는 회중전등을 가지고 왔다. 나는 천천히 일어나서 유카타의 끈을 고쳐 맸다. 요시다 군이 뒤에서 회중전등의 스위치를 켰다. 거대한 나의 그림자가 벽과 천장에 비쳤다. 우하하하, 하고 요시다 군이 웃었다.

요시다 군은 밤이 깊어지면 갑자기 활기차게 움직이기 시작한다. 이건 꼭 잊지 말고 유키에게 보고할 필요가 있었다.

요시다 군은 널어둔 타월을 집어들어 나에게 건넸다. 왜? 내가 묻자, 산책한 뒤에 온천에 들어가지 않으시겠어요? 하고 말했다. 나는 타월을 목에 걸었다.

우리는 복도로 나가서 소리를 내지 않도록 계단을 내려왔다. 요시다 군이 소곤거리는 목소리로 "두근거리네요" 하고 말했다.

비상구의 문을 열고 밖으로 나왔다. 큰길로 나오니 밝은 달이 보였다. 휘파람을 불자, 소리가 시원하게 울려퍼졌다.

유바타케의 반대 방향으로 올라가면 사이노카와라가 나온다. 우리는 발소리가 날세라 조심하며 어슬렁어슬렁 언덕길을 올라갔다. 길에는 우리 외에 아무도 없었다.

"왜 '사이노카와라' 라고 하는지 아세요? '

"몰라."

"아까 안 건데요." 요시다 군은 말했다. "'삼도천의 강가' 란 뜻도 돼요. 지옥으로 이어지는 강가요."

"왜?"

"강가는 강가지만, pH 2.08의 온천수가 흐르고 있잖아요. 식물도 물고기도 살 수 없어요. 연기가 뭉게뭉게 피어오르는 황량한 강이죠. 그래서 그런 이름을 붙인 건가봐요."

"오호~"

"'도깨비의 솥' 이라는 데도 있는 모양이에요."

요시다 군은 마음에 든 장난감 이름을 발음하듯이, 도깨비 솥, 하고 말했다. 그리고 회중전등으로 옆에 있던 우체통을 비추고서, 우하하하하하, 하고 웃었다.

요시다 군은 밤이 깊어지면 활기차게 움직이기 시작한다. 이건 정말, 꼭 유키에게 보고할 필요가 있었다.

바람도 없는, 맑게 갠 밤이었다. 강이 흐르는 소리가 작게 들려왔다.

한동안 걷자, '사이노카와라 공원' 이라고 씌어 있는 거대한 간판이 나타났다. 우리는 그 옆을 지나고 차량 진입방지턱을 넘어서 강가로 내려갔다.

커다란 바위가 이곳저곳에서 제멋대로 굴러다니고 있다. 강에 손을 찔러넣어보니, 흐르는 물은 분명 뜨끈한 온천수였다.

우리는 돌바닥으로 된 산책로를 걸었다. 달빛 이외에는 광원이 없었기 때문에, 요시다 군의 회중전등이 요긴하게 쓰였다.

여기고 저기고 전부 온천수, 온천수, 온천수였다. 군데군데서 온천수가 솟아나오고, 고이고, 흘러 떨어지고, 연기를 피워올리고 있었다. 한밤중에 느끼는 자연의 힘은 어딘가 음침한 구석이 있었다. 우리는 말없이 상류 쪽으로 걸었다.

앞쪽에 있는 산이 암흑의 실루엣을 만들고 있었다. 나무들이 산책로 양쪽에서 서서히 나타나고, 걸어가는 속도에 맞춰 짙은 그늘이 되어서 흘러갔다. 뒤쪽에서는 온천 폭포 소리가 들려왔다.

후하하하하하하, 하고 갑자기 요시다 군이 웃었다.

요시다 군이, 저거, 저거, 하고 말하면서 뭔가를 가리켰다.

거기에는 거무스름하게 윤이 나는 흉상 두 개가 세워져 있었다. 요시다 군은 그것을 회중전등으로 비추고는 다시 우하하하, 하고 웃었다. 멋진 수염을 기른, 위엄 있는 흉상이었다.

"베르츠 박사와 스크리바 박사네요." 요시다 군은 말했다. "베르츠 박사는 구사쓰 온천의 효능에 주목하고 연구해서 훌륭한 업적을 거두었어요. 스크리바 박사는 그의 동료고요."

요시다 군은 간판의 문자를 읽더니 다시 웃었다.

두 박사는 예리한 눈빛으로 온천수의 강을 내려다보고 있다.

"이쪽이 베르츠 박사예요."

요시다 군은 왼쪽 동상을 비추었다.

"이쪽은 스크리바 박사구요."

요시다 군은 오른쪽 동상을 비추었다.

나는 "일일이 비추지 마" 하고 중얼거렸다.

머릿속에는 멍하게 다른 영상이 떠올라 있었다. 광산을 헤매는 이인조. 등산화와 카키색 조끼. 나침반과 필드 노트.

절벽 끝을 가리키는 요시다 박사와 고개를 끄덕이는 마모루 박사. 탐험가들. 우리는 후세에 남을 만한 발견을 할 수 있을까?

"……잠깐 목욕이나 해볼까?"

나는 그렇게 말했다.

"목욕요?"

"그래, 저 연못 같은 곳에서."

오던 도중부터 신경 쓰였던 것인데, 이쪽저쪽에서 온천수가 솟아나와 작은 온천탕처럼 괴어 있었다. 들어가는 사람은 거의 없겠지만, 그건 이미 노천온천과 다를 바 없었다.

"가자."

나는 앞장서서 강변으로 내려갔다. 요시다 군이 당황하며 앞쪽을 비추었다.

시원스러운 소리를 내며 온천수의 강이 흐르고 있었다. 온천수 연못은 강가에 얼마든지 있었다. 우리는 들어가기 쉬워 보이는 연못을 찾아서 강을 따라 천천히 내려갔다.

"여기는 어떨까?"

나는 요시다 박사에게 물어보았다. 넓이와 깊이가 노천온천으로 삼기에 적당해 보였다. 요시다 박사는 물에 손을 넣어보더니 "딱 좋네요" 하고 말했다.

나는 띠를 풀어서 유카타를 벗었다. 요시다 군이 당황하며 내 발밑에서 불빛을 치웠다. 달빛 아래서 나는 알몸이 되었다.

바위 위에서 손을 슬쩍 찔러넣어보니, 정말로 딱 적당한 온도였다. 발끝부터 천천히 들여놓으면서 서서히 깊이 잠겨갔다. 수면에서 물결이 일어나며 반대편까지 퍼져나갔다.

후우, 하고 숨을 내쉬고 바위에 기대었다.

바위 맞은편에서 회중전등을 든 요시다 군이 서 있었다.

"썩 괜찮은걸."

나는 조금 큰 목소리로 말했다.

"저도 금방 들어갈게요."

요시다 군은 회중전등을 바위 위에 고정시켰다. 에메랄드 그린 빛깔의 수면 일부분이 비추어졌다. 요시다 군은 좌우를 둘러보더니 유카타를 벗기 위해 조금 떨어진 곳까지 갔다. 살금살금 조심스런 움직임으로 옆으로 돌아와서, 내 대각선 뒤쪽에서 첨벙 소리를 내며 연못 안으로 들어왔다.

우리는 나란히 노천온천에 잠겼다.

귀를 기울이자, 온천수가 흐르는 소리가 들려왔다.

강이 있고, 달이 있었다. 산이 있고, 별도 있었다. 베르츠 박사와 스크리바 박사가 멀리서 우리를 지켜보고 있었다.

나는 어푸어푸 얼굴을 씻었다. 수면을 치는 소리가 밤하늘에 울려퍼지는 것 같았다.

"기분좋네요."

요시다 군이 말했다.

"응."

나는 있는 힘껏 발을 뻗었다.

"……꿈만 같아요."

요시다 군이 휘파람을 불었다.

〈토끼 몰던 그 산*〉의 멜로디였다. 붕어 잡던 그 강, 쯤에서 휘파람은 끊어졌다.

마지막까지 불어봐, 하고 말하자 요시다 군은 그 다음 소절부터 이어 불렀다. 잊혀지지 않는 고향, 쯤에서 나는 반음 높여 합창해보았다.

그것은 예상 외로 아름다운 화음을 이루었다.

우리는 잠시 동안 입을 다물었다.

---

* 원제는 〈고향〉. 일본 근대 창가. 한국의 〈고향의 봄〉 같은 정서의 노래.

"유키 씨랑 마이코 씨도 왔으면 좋았을걸."

요시다 군은 말했다.

"정말 그래."

"마모루 씨는 유키 씨의 어디가 좋았나요?"

"엥?"

나는 말했다. 수면에서 고개만 내민 요시다 군이 싱글싱글 웃으며 나를 바라보고 있었다.

"바보 아냐?"

내 말에 우하하하하, 하고 요시다 군이 웃었다.

"너는 마이코 씨의 어디가 좋았는데?"

"저는 말이죠, 뭐니뭐니 해도 그 동그란 뺨이 좋았어요."

"바보 아냐?"

그렇게 말하고 나는 요시다 군의 얼굴에 물을 끼얹었다.

"뭐 하시는 거예요~"

요시다 군은 얼굴을 닦았다.

싱글싱글 웃는 얼굴이 밉살스러웠지만, 그래도 사실은 귀여웠다. 아마도 마이코 씨는 이게 좋았던 거겠지, 하는 생각이 들었다. 그 밖에도 더 있을지도 모르겠지만, 적어도 이것도 좋아하는 것 중 하나임에는 틀림없을 것이다.

나는 첨벙 소리를 내며 일어섰다. 엉거주춤하게 서서 양손으로 물을 떠올리며 요시다 군의 얼굴을 향해서 끼얹었다.

우왓, 하고 요시다 군이 일어섰다. 나는 갑자기 우스워져서 웃음을 터뜨렸다. 웃으면서 요시다 군을 향해서 물을 뿌렸다. 우하하하하하하 웃으면서 요시다 군은 도망쳤다. 나는 공격을 계속했다. 곰이 코끼리 주위를 돌 듯이, 요시다 군은 계속 도망쳤다.

달밤. 벌거벗은 탐험대의 웃음소리가 밤하늘에 메아리쳤다.

우리는 엄숙한 기분으로 아침식사를 들었다. 어젯밤 일은 어젯밤 일이다.

아침식사 후, 각자 따로따로 목욕을 했다. 요시다 군은 선물용 온천 만주를 사러 나갔다.

우리는 짐을 정리했다. 기념으로 희락관의 타월을 가지고 가세요, 라고 하기에 그것도 짐 속에 넣었다. 온천 성분이 포함된 타월은 한동안은 그 향기와 효능을 즐길 수 있다고 한다.

그리고 삼십 분 정도 지나서 열시가 되었을 즈음에 프런트에서 연락이 왔다. 무뚝뚝한 주인이 "전보가 와 있습니다" 하고 어두운 목소리로 말했다.

내용을 읽고 굳어 있는 요시다 군에게서 전보를 낚아챘다.

―먼저 돌아가기로 했습니다. 요시다 군의 집에서 기다리겠습니다. 유키, 마이코.

다시 한번, 내용을 확인했다.

―먼저 돌아가기로 했습니다. 요시다 군의 집에서 기다리겠습니다. 유키, 마이코.

나의 사고는 십 초 정도 멈췄지만, 그 다음 삼 초 만에 내용을 받아들였다. '먼저 돌아가기로 했습니다. 요시다 군의 집에서 기다리겠습니다. 유키, 마이코.' 나는 재빨리 생각을 전환했다.

"돌아가자." 나는 탐험대의 대장처럼 말했다.

"……네."

"돌아가서 무릎 꿇고 사과하든가 하면 어떻게든 될 거야."

"알겠습니다."

요시다 군은 탐험대의 대원처럼 말했다.

프런트로 내려가서 체크아웃 수속을 밟았다. 요금을 내고 영수증을 받았다.

"또 찾아주세요."

억양이 없는 목소리로 주인이 말했다.

나는 차의 시동을 걸었다. 네 사람이 넉넉히 탈 수 있는 걸로 달라며 빌린 승용차. 어느샌가 뒤쪽에 야마모토 씨가 나와서 차를 유도해주었다.

"감사합니다." 창문을 열고 인사를 했다. "식사도 맛있었고, 목욕탕 물도 좋았어요."

야마모토 씨는 웃는 얼굴로 고개를 숙였다. 감사합니다, 또 찾아주세요, 하고 그는 말했다.

"그러면, 안녕히 계세요."

구사쓰와 야마모토 씨에게 감사의 말을 전하고 창문을 닫았다.

오길 잘했다고 치자. 나는 그렇게 생각했다. 룸미러로 야마모토 씨를 확인하고, 오른쪽 왼쪽 오른쪽 왼쪽 하고 깜빡이를 켰다. 룸미러 너머에서 야마모토 씨가 고개를 숙였다. 나는 천천히 차의 액셀을 밟았다.

길모어의 기타 연주에 취해 있을 상황이 아니었다. CD는 네오 어쿠스틱으로 선택하고, 우리는 도쿄로 향했다.

◇

"응? 온천 냄새가 나네요."

차 시트에 앉은 구도 씨가 말했다.

"구사쓰 온천에 갔었어요. 최고였죠."

차 밖에서 내가 말하고, 옆에서 요시다 군도 끄덕였다.

구도 씨는 연료 미터를 체크하고, 주행 거리를 수령증에 기록했다.

"가출은 어떠셨습니까?"

차에서 내린 구도 씨가 웃으면서 말했다. 요시다 군이 깜짝 놀라는 표정으로 구도 씨를 보았다.

"……그게 말이죠." 나는 천천히 말했다. "당초의 목적을 달성하지 못했습니다. 사태는 최악이라고 말해도 좋을지 몰라요. 하지만 이렇게 돌아왔습니다. 가출이라든가 여행 같은 걸로 뭔가가 변할 거라는 생각은 하지 않습니다. 돌아왔으니까 무엇을 어떻게 하느냐가 중요하다고 봅니다."

"그러시군요."

구도 씨는 인자함에 가득 찬 눈으로 끄덕였다. 요시다 군이 눈을 휘둥그레 뜨고, 나와 구도 씨를 바라보았다.

"정말 신세 많이 졌습니다. 정말로 감사드립니다."

나는 말했다. 이런 사람에게는 자기 멋대로 감사해도 괜찮다.

"아뇨, 별말씀을. 기회가 있으시다면 다음번에도 이용해 주세요."

구도 씨는 나에게 서류의 복사본을 주고, 요시다 군에게도 명함을 건넸다. 우리는 인사를 하고 영업소를 나왔다. 구도 씨는 우리가 보이지 않을 때까지 배웅해주었다.

"아는 사이세요?"

요시다 군이 나에게 물었다.

"그런 건 아닌데," 나는 그렇게 입을 열었다. "하지만 중요한 등장인물이야."

"등장인물?"

"저 눈에는 그만한 가치가 있다는 소리야."

이번 여행의 시작과 끝에는 구도 씨가 있었다. 어떤 것에 깃드는 가치란, 개인이 각자 알아서 발견해내면 되는 것이다.

"그것보다, 중요한 것은 지금부터야."

"알고 있어요."

우리는 말없이 요시다 군의 집으로 향했다.

◇

요시다 군의 집에는 인기척이 없었다.

예측하지 못했던 것도 아니었지만, 운전하고 난 피로 덕분인지 금세 긴장이 풀려서 몸이 축 늘어졌다. 나는 현관에 짐을 내려놓고 한숨을 쉬었다.

한걸음 앞서 방에 들어갔던 요시다 군이 "있어요!" 하고 외쳤다. 또 전보겠지, 하고 거실로 가보자, 요시다 군이 천천히 이쪽을 돌아보며 말했다.

"……결투장이에요."

요시다 군은 손에 든 전통종이 꾸러미를 보여주었다. 결투장. 확실히 그 꾸러미에는 붓으로 그렇게 씌어 있었다. 꾸러미를 풀자 쥘부채 모양으로 접힌 편지지가 나타났다.

요시다 나오토 님

당신께서 취하셨던 일방적인 행동에 대하여, 저희는 깊은 유감을 금할 길이 없습니다. 그것은 일방적이라는 점에서 난폭하기 이를 데 없는 행동이었습니다. 저희는 난폭한 행동을 용서할 생각은 추호도 없으며, 이유를 들을 필요조차 느끼지 못

하고 있습니다.

그러나 한편, 저희는 당신께 대한 애정도 가지고 있습니다. 당사자인 마이코는 지금도 당신을 좋아한다는 뜻을 표명하고 있습니다. 저희는 이야기를 나누었습니다. 그리고 결론을 내었습니다. 안심하세요. 당신께 찬스를 드리기로 했습니다.

저희는 당신에게 결투를 신청합니다. 당신이 보기 좋게 승리했을 경우, 저희는 당신의 행동을 무조건 받아들이겠습니다.

단, 저희가 승리했을 경우에는 당신과 그날부로 인연을 끊겠습니다. 또, 이 승부를 당신이 받아들이시지 않을 경우 역시 마찬가지입니다. 인연을 끊겠습니다.

결투의 날은 이틀 후. 8월 23일, 오후 두시. 장소는 요시다 저택의 거실. 결투는 지난번에 했던 난투게임. 단판 승부로 매듭짓고 싶습니다. 원래대로라면 당사자인 마이코가 컨트롤러를 잡아야 마땅합니다만, 이번에는 저, 불초소생 가시와기 유키가 대신하도록 하겠습니다. 반드시 이기겠습니다. 이상.

"어떡하죠……"

요시다 군이 망연자실한 채로 서 있었다.

편지는 분명 유키의 필체로 씌어 있었다. 그녀들의 주장은 장난스러웠지만, 거기에는 뭔가 확고한 의미가 깃들어 있다는 느낌이 들었다. 분명 이해할 수 없는 녀석도 있을 것이다. 하지만 나는 알 수 있었다.

"……받아들이자." 나는 조용히 말했다. "이렇게 되면 요시다 군이 할 수 있는 것은 단 하나. 이기는 거야."

"하지만 지면 어떡하죠?"

"이기면 되잖아!"

나는 큰 소리로 말했다.

"모레까지 승리를 목표로 연습하는 거야. 지면 지는 대로 무릎 꿇고 손이 발이 되도록 싹싹 빌면 어떻게든 될 거야. 하지만 지금은 승리를 향해 노력할 수밖에 없어."

"하지만……"

"하지만은 뭐가 하지만이야!" 나는 말했다. "이건 찬스야. 이기면 모든 것이 원만하게 수습돼. 게다가 요시다의 특기 종목이잖아. 유키와 마이코 씨는 요시다 군에게 찬스를 준 거라고."

"……유키 씨는 강해요."

요시다 군은 가만히 중얼거리듯 말했다.

"저는 알 수 있어요. 요전에는 유키 씨의 경험이 부족했기 때문에 이길 수 있었어요. 하지만 그 정도 실력에 경험까지 쌓이면, 그땐 이길 수 없어요."

"근성을 보여!"

나는 호통쳤다.

"가족을 위해서, 미래를 위해서, 자기 자신을 위해서 유키를 쓰러뜨리는 거야. 지금이야말로 요시다 군의 근성을 보일 순간이 온 거라구!"

"……"

"난 이제 집에 돌아갈 거야. 그리고 가능한 한 유키의 연습을 방해하겠어. 요시다 군은 어찌됐든 간에 모레까지 연습하면서 이기기 위한 작전을 짜는 데 집중해. 알겠지?"

요시다 군은 대답하지 않았다.

"알았어, 몰랐어?"

다시 한번 큰 소리로 묻자, 요시다 군은 아주 작게 고개를 끄덕였다.

"뭐 해, 자, 지금부터 연습해."

"……지금부터요?"

"당연하지."

나는 팔짱을 끼고 떡 버티고 서서 요시다 군을 가만히 지켜보았다.

요시다 군은 굼실굼실 고개를 돌리더니 텔레비전 옆에서 게임기를 끄집어냈다. 전원을 켜고, 잭을 꽂았다.

"그럼, 나는 가볼게."

현관으로 가서 신발을 신었다. 요시다 군이 배웅하러 따라 나왔다.

"……여러 가지로 폐를 끼쳤습니다."

"그런 소리 할 거 없어. 구사쓰에서는 아주 즐거웠어."

"예, 저도 즐거웠어요."

"그러면, 내일모레 다시 올게."

"알겠습니다."

인사를 하고 현관을 나가려고 하자, "앗" 하고 요시다 군이 외쳤다.

"자, 잠깐만요."

요시다 군은 거실 쪽으로 달려갔다. 나는 짐을 등에 고쳐 메었다.

"이거 갖고 가세요."

돌아온 요시다 군이 온천 만주를 내밀었다.

"다같이 드세요."

나는 말없이 온천 만주를 짐 속에 넣었다.

"어쨌든 요시다 군은 이기는 것에만 집중해."

"알겠습니다."

"그러면, 만주 잘 먹을게."

문을 열려고 하자, 또 요시다 군이 "앗" 하는 소리를 냈다.

"혹시 가능하시다면, 유키 씨가 어떤 연습을 하고 있는지 연락해주실 수 있을까요?"

작은 목소리로 요시다 군이 말했다.

"그걸 알 수 있으면 대책을 세울 수 있을지도 몰라요."

"……알았어. 반드시 연락하지."

웃음을 참으면서 대답하고, 나는 밖으로 나갔다.

괜찮다. 요시다 군이라면 유키에게 이길 수 있을 것이다. 나는 유키가 조종하는 수염 남자가 크아~ 하고 소리 지르면서 장외로 날아가는 모습을 상상했다.

구사쓰에 비하면 도쿄의 여름은 정말 더웠다.

◇

하지만 그 뒤에, 나는 유키와 마이코 씨가 진심이라는 것을 두 눈으로 목격하게 되었다.

지하철을 갈아타고 돌아온 도민주택에서는 유키와 마이코 씨의 연습이 한창이었다.

"방금 그 번개를 좀더 빨리 쏴봐." 유키가 말했다.

"그럼 반 걸음 앞에서 해볼게." 마이코 씨가 말했다.

빙글, 하고 뒤공중돌기를 한 빨간 모자 소년에게, 수염 남자가 성큼성큼 다가간다.

소년은 번개를 쏘았다. 수염 남자는 번개가 떨어지는 것과 동시에 으랏차 하고 날라차기를 먹였다. 모자 소년은 마이코 씨가 조종하고 있었다.

나는 요시다에게 보고하기 위해 지금의 움직임을 똑똑히 기억했다.

"엄마는 어디 가셨어?"

나는 물었다. 이 질문은 연습방해공작의 일환이었다.

"요코하마."

유키가 대답했다.

"요코하마? 뭐 하러?"

"데이트."

소년과 수염 남자는 아까와 같은 공방을 펼쳤다. 이번에는 유키의 킥이 소년에게 닿지 않았다.

"역시 이 타이밍이면 안 닿네."

유키는 말했다.

"나도 좀 하게 해줘."

마이코 씨에게서 컨트롤러를 받아들고, 수염 남자를 향해서 연속으로 번개를 쏘았다. 유키는 뒤로 물러서며 그것들을 피하더니 곧바로 거리를 좁히며 달려들었다.

순식간에 킥이 닿을 거리까지 접근한 수염 남자는, 나의 번개 발사동작에 맞춰서 날라차기를 날렸다. 그 뒤에 이어지는 연속공격에는 전혀 방어할 틈이 없었다. 소년은 장외로 튕겨져나갔다. 우효~ 하는 소리를 질렀다. 떡이 되도록 흠씬 두들겨맞은 기분이었다.

"연습거리도 안 되잖아."

유키가 말했다.

나는 요시다 군을 향해서 작게 주먹을 불끈 쥐어 보였다. 연습거리도 안 되었다는 말은, 유키의 연습을 제대로 방해하고 있다는 뜻이다.

"요시다 군은 뭐 하고 있대?"

유키가 물었다.

"연습하고 있어. 필사적으로."

그래? 하며 유키는 씩 웃었다.

"저기 말이야." 나는 가만히 물었다. "만약에 이기면 정말로 요시다 군하고 인연을 끊을 생각이야?"

"그래."

유키는 대답했다.

"정말로요?"

나는 진지한 표정을 짓고서 마이코 씨에게 물었다.

"정말이에요."

"이혼한다는 거예요?"

"뭐…… 그렇게 되겠네요."

"에~" 나는 말했다. "그거 우습지 않아요? 어떻게 게임으로 그런 걸 결정할 수 있어요?"

"우리는 결정했어요." 마이코 씨는 말했다. "결정한 이상, 진지하게 할 거라고요."

"마이코 씨도 나도, 그리고 아마도 요시다 군도 진지하잖아? 진지하지 않은 건 제삼자인 마모루뿐이야."

"정말 그럴까? 유키도 마이코 씨도 즐기고 있는 것에 불과한 거 아냐?"

"물론 즐기고 있어." 유키는 말했다.

"하지만 아주 진지해요." 마이코 씨는 말했다.

"어차피 마모루 씨는 사람이 무르잖아요."

"무르지. 물러터졌지."

"우리는 지금까지도 이렇게 살아왔어요."

"이혼당하고 싶지 않다면 이기면 돼. 조건은 공평하다고."

"승부의 기본은 공평하게."

"결말은 행복하게!"

"사실은 말이야." 유키는 어조를 바꾸어 차분한 말투로 말했다. "나는 요시다 군이 이겨줬으면 좋겠어. 나의 시체를 타고 넘어서 앞으로 나아가길 원해."

"그렇지. 그러면 전부 원만하게 해결될 테니까."

"하지만 이기는 건 나야."

"그 승리에 편승하는 게 저고요."

"어떤 전개가 되든 상관없어."

마지막에 유키는 그렇게 말했다.

"승부를 거느냐 마느냐, 인생은 그것밖에 없어."

유키와 마이코 씨는 화면상의 싸움으로 되돌아갔다.

일 대 이. 유키는 컴퓨터가 제어하는 공룡과 마이코 씨가 조종하는 소년 둘을 상대로 싸우고 있었다. 소림사에서 수행하는 중처럼 왼쪽 오른쪽으로 정신없이 공격을 펼치고 있다.

두 사람이 모르는 것이 딱 하나 있었다.

밀약. 내가 요시다 군과 나눈 그 약속. 그러니까 사실 나는 제삼자가 아니었다.

나는 천천히 온천 만주를 베어물었다.

화면에서는 수염 남자가 컴퓨터가 제어하는 공룡에게 달려들고 있었다. 수염 남자는 공룡을 하늘 높이 집어던진 직후, 소년이 발사한 번개를 정통으로 맞았다.

물론 그 약속을 말할 생각은 티끌만큼도 없었다. 요시다 군에게도 절대로 말하지 말라고 할 생각이다. 몇 마디 더 하자면, 만약 가령 어떤 사태가 일어난다고 해도 그런 약속을 지킬 필요는 없었다. 그런 짓은 단순히, 그 자리의 분위기에 휩쓸려서 해버린 약속 같은 것이다. 약속 같은 것보다 중요한 것은 얼마든지 있다. 나는 아무렇지도 않게 약속을 깬다. 그것은 공평하지 못한지도 모른다. 하지만 나는 지금까지 그렇게 살아왔다.

수염 남자는 공룡의 꼬리를 붙잡고 붕 돌렸다. 덕분에 다시 날아온 번개를 공룡이 맞게 되었고, 공룡은 그대로 튕겨 날아가서 별이 되어 사라졌다.

그렇지만…… 우리가 밀약을 나눴다는 것은 절대로 사라지지 않는 사실이었다. 그것을 아무도 모르더라도, 지켜지지 않는다고 해도, 사실은 사실이다. 나는 온천 만주를 베어 물었다.

당사자. 지금까지는 자각이 부족했지만, 나는 확실히 당사자였다. 약속했다는 그 한 가지 사실만으로 당사자였다. 그런데도 이 여행을 시작한 뒤로 내가 해왔던 짓은 뭐지? 나는 아직 아무것도 하지 않았다.

제대로 된 당사자가 되어야만 한다. 무엇보다 나는 당사자가 되고 싶었다. 혼자서만 따돌림당하는 건 싫었다.

온천 만주는 초승달 모양이 되어 남았다.

옛날에, 유키는 '엄마에게 묻는다' 라는 수준 높은 승부를 했다. 그때도 나는 방관자였다.

이번에는 싸워야만 한다. 그렇게 굳게 마음먹었다. 무엇보다 중요한 것은, 반드시 이긴다는 것이다. 유키 쪽과 싸우겠다는 전개가 아니다. 나와 요시다 군이 승리한다는 전개에 편승한다. 강하고 강하게, 나는 결의했다. 이기면 밀약이고 나발이고 걱정할 것도 없다. 이긴다! 베르츠 박사와 스크리바 박사에 맹세코 이긴다!

"……그런 어정쩡한 전개에는 맞춰줄 수 없어."

나는 선언하듯이 말했다.

마이코 씨가 놀란 얼굴로 이쪽을 보았다. 동시에 우효~ 하는 소리가 나고 소년이 별이 되는 것이 보였다. 유키는 천천히 이쪽을 돌아보았다. 나는 남아 있는 초승달을 입 안에 넣고, 천천히 씹었다.

"무슨 소리야?"

유키가 물었다.

나는 차가운 보리차를 마셨다.

"요시다 군하고 유키가 싸우는 건 좋아. 하지만 이건 마이코 씨와 요시다 군의 문제야. 그런데도 마이코 씨가 단순한 보조자가 되어버리면 안 돼. 대립구도로서는 빈약해."

"어쩌란 소리야?"

"나도 참전하겠어. 나하고 요시다 군이 팀을 짜고 유키와 마이코 씨가 팀을 짜서 승부하는 거야. 이 대 이야."

~~후후후후후후~~, 하고 유키는 웃었다.

"멋진 아이디어야."

"우리는 꼭 이길 거야. 그래서 이혼을 반드시 저지하겠어."

"받아들이지."

유키의 말에 마이코 씨도 말했다.

"좋았어요."

"지금부터 요시다 군의 집에 가서 합숙훈련을 할 거야. 최강의 공룡 플레이어가 되어서 기다리겠어."

"마모루 씨, 멋져요." 마이코 씨가 말했다.

"사랑해, 마모루." 유키가 말했다.

"너희 둘은 요시다 군과 내가 쓰러뜨리겠어!"

마지막에, 나는 선언했다.

◇

생애 최후의 담배를 피운다.

나는 요시다 군의 집 근처 공원 벤치에 앉았다. 갈아입을 옷들을 다시 챙겨넣은 가방에서, 마지막으로 남아 있던 하이라이트를 꺼냈다.

그것은 결의를 담은 마지막 담배였다. 이 한 대를 폐 깊숙이까지 빨아들이고, 시간을 들여 진득하게 맛본다. 그리고 맛있게 음미한 뒤에는, 딱 잘라내듯이 담배와의 인연을 끊는다. 그리고 승리를 위한 특별훈련에 들어간다. 그런 결의를 담은 한 대였다.

나는 마지막 한 개비를 꺼내고, 담뱃갑을 꾹 쥐어서 꾸깃꾸깃 우그러뜨렸다.

이 한 개비는 흡연 인생의 집대성이 되는 담배로 만들고 싶다. 나는 눈을 감고, 머릿속에 상(像)을 떠올린다. 이미지는 처형 전에 마지막 담배 한 대를 허가받은 스파이다.

그는 담배 한 대를 피우면서 자신의 인생을 돌이켜볼 것이 틀림없다. 어린 시절, 생일 케이크, 부모님의 불화, 학대, 이혼, 친척 집, 전학, 굴복, 동료, 비행, 집회, 체벌, 감별, 첫사랑, 갱생, 공부, 좌절, 사상, 도주, 유혹, 투옥, 재회, 탈주, 훈련, 지령, 잠입, 배신.

인생은 변변찮은 것들뿐이었다. 하지만 지금에 이르러서는 그리 나쁘지 않은 인생이었다는 생각이 든다. 마지막 담배를 피우는 순간, 그의 표정은 그런 것을 이야기하는 것이다.

나는 심호흡을 한 번 하고, 그 담배를 입에 물었다. 처음으로 담배 물고 숨을 빨아들였을 때의 오싹한 기분이 되살아났다.

착화.

우윳빛 연기가 피어오른다. 빨아들인다, 토해낸다. 하이라이트는 담담하게 점차 짧아져간다. 그것은 기다려주지 않는다.

길이가 반쯤까지 줄어들었을 때, 나는 불을 껐다.

적당한 시기가 오면 끝. 무슨 일이든 끝날 때에는 그렇게 끝난다.

그 다음에는 기분으로서의 결의만이 남는다.

"다시 한번 설명해주실 수 있을까요?"

요시다 군은 그렇게 말했다. 나는 같은 설명을 다시 한번 반복했다.

"마모루 씨는 그게 무슨 뜻인지 알고 계신가요?"

떨리는 목소리로 요시다 군은 말했다.

"확실히 유키 씨는 천재예요. 하지만 저에게는 아직 유키 씨에게 보이지 않은 비기가 있어요. 단판 승부라면 승산은 충분히 있었어요. 그런데도 대체 무슨 짓을 하신 건가요? 이 대 이라니 무슨 말씀이냐구요."

"아냐, 괜찮아." 나는 당황하며 말했다. "어쨌든 마지막까지 요시다 군이 남으면 그걸로 이길 수 있으니까."

"마모루 씨는 아무것도 모르세요."

요시다 군은 거칠게 말했다.

"넷이서 필드에 서는 것이, 무슨 의미인지 아세요?"

"……"

"누군가가 처음에 탈락하면 그 뒤에는 이 대 일이 돼요. 즉, 처음에 탈락한 사람의 팀이 압도적으로 불리해져요. 거의 이길 가능성이 없다구요. 이 대 이에서는 처음에 누가 탈락하느냐로 승부가 나요."

"내가 제일 먼저 탈락한다는 소리야?"

"그래요."

"그거라면 걱정 마." 나는 말했다. "지금부터 연습해서 팀워크를 다지고, 초반에 마이코 씨를 노려서 쓰러뜨리면 돼."

"당연히 상대도 그런 생각을 할 거예요. 시합이 시작되면, 마모루 씨는 두 사람의 집중 공격을 받게 되겠죠."

"그러면 조건은 똑같다는 얘기지?"

"똑같지 않아요."

요시다 군이 말했다.

"저는 알아요. 마모루 씨보다는 그나마 마이코 씨 쪽이 재능이 있어요. 요전에 마모루 씨와 마이코 씨는 호각이었을지도 몰라요. 하지만 지금은 다를 거예요."

깨갱! 나는 그렇게 외치고 싶었다.

"어쨌든 열심히 할게."

작은 목소리로 결의를 드러내 보였지만, 요시다 군은 고개를 가로저을 뿐이었다.

나는 텔레비전을 향해 앉아서 공룡 캐릭터를 선택했다. 퐁~ 하는 소리가 났다.

"……이젠 모든 것이 끝장이에요."

요시다 군이 말했다.

"뭐 일단, 연습을 하자고."

나는 밝은 목소리로 말했다. 요시다 군은 느릿느릿 빨간 모자 소년을 선택했다. 퐁~ 하는 소리가 나며, 화면은 전투 필드로 전환되었다.

으랏차, 하는 소리를 내며 나는 요시다 군에게 달려들었다. 그리고 번개를 뒤집어썼다. 몇 번이고 몇 번이고 달려들었지만, 그때마다 번개를 맞았다. 이윽고 공룡은 필드 밖으로 날려가서 별이 되어버렸다.

바후바후바후 하는 소리가 슬프게 하늘에 울려퍼졌다. 연습거리도 안 돼요, 하는 말이 나의 머릿속에 떠올랐다.

"마모루 씨에게는 감사하고 있어요."

요시다 군은 바닥을 내려다보았다.

"하지만, 이젠 끝이에요."

팡파르에 이어서 소년을 칭송하는 꽃가루가 뿌려졌다. 스피커에서는 〈위풍당당 행진곡〉이 흘렀다. You Win! 하는 표시와 함께 이윽고 음악이 서서히 페이드아웃되어갔다.

나는 씩 웃었다. 그리고 "괜찮다니까, 요시다 군" 하고 말했다.

"지금, 아주 좋은 작전이 떠올랐어."

요시다 군이 천천히 고개를 들었다.

"내가 모자 소년으로 싸울게. 그리고 요시다 군은 공룡으로 싸워. 재빨리 선택하면 절대로 눈치 못 챌 거야."

내가 떠올린 생각이지만 정말 묘안이다. 요시다 군의 얼굴이 조금씩 밝아져가는 것을 알 수 있었다.

"그건 비겁해요. 하지만 멋진 아이디어네요."

"해볼 만하겠지?"

요시다 군은 짤깍짤깍 컨트롤러를 만지작거렸다.

"그렇게 되면 두 사람은 저를 노리고 공격해올 거예요. 방어에 집중하면 버텨낼 수는 있어요. 마모루 씨는 아래쪽에서 번개를 날리세요. 그렇게 하면 유키 씨나 마이코 씨에게 빈틈이 생길 겁니다. 그러면 저도 공격할게요. 마이코 씨를 탈락시킬 수 있다면, 우리의 승리예요. 할 수 있어요! 이길 수 있어요!"

"좋았어."

나는 재빨리 모자 소년을 선택했다. 퐁~

핑크색 공주님을 조종하는 컴퓨터의 레벨을 4로, 수염 남자의 레벨은 최강으로 설정하고, 우리는 승리를 향한 리허설을 개시했다.

◇

"안녕."

유키가 말했다.

"어서 오세요. 기다리고 있었습니다."

요시다 군이 꾸벅 고개를 숙였다.

"요전에는 소동을 일으켜서 정말로 죄송했습니다."

요시다 군은 예의바른 태도로 깊이 고개를 숙였다. 마이코 씨가 긴장된 모습으로 그것을 바라보고 있었다.

우리는 유키와 마이코를 거실로 불러들였다. 방에는 에어콘이 켜져 있었다. 우리는 탁자 앞에 앉으라고 재촉했다. 유키와 마이코 씨는 나란히 그곳에 앉았다.

자리에는 각자의 컵이 놓여 있었다. 직경이 크고 두껍고 얕은 유리컵.

"오늘도 덥네요."

요시다 군이 탁자 한가운데에 커피를 담은 피처를 내왔다. 그 옆에 큼직한 얼음을 담은 팔각형 접시를 놓고 얼음 집게를 올려놓았다.

우리는 각자 얼음을 컵에 담았다. 아이스커피를 따르자, 얼음이 미끄러지듯이 회전하며 시원한 소리를 냈다.

"우유하고 시럽은 기호에 맞게 자유롭게 넣으세요." 나는 말했다.

한 입 마시고 고개를 든 마이코 씨가 맛있네, 하고 중얼거렸다. 나와 요시다 군은 마음속으로 주먹을 불끈 쥐었다.

"자, 이거, 선물."

그렇게 말하며 유키가 작은 종이 꾸러미를 내밀었다.

"청령옥* 펜던트야. 가루이자와에서 만들어봤어."

꾸러미를 풀어보자, 작은 청령옥에 검은 가죽끈이 꿰여 있었다. 시원하고 상쾌한 느낌의 하늘색 유리구슬 한가운데

---

* 작은 유리구슬에 세밀한 무늬를 새겨 넣은 장식용 구슬.

에 하얀 소용돌이 같은 문양이 들어가 있다. 요시다 군 것과 한 세트였다.

"고마워."

내 말에 요시다 군도 말했다.

"고맙습니다."

"천만에. 온천 만주도 맛있었어."

우리는 그 펜던트를 걸어보았다.

"잘 어울려."

마이코가 기쁜 얼굴로 우리를 보았다.

"팀이란 느낌이 드네."

유키도 기뻐하는 얼굴로 말했다.

우리는 남아 있는 아이스커피를 마셨다. 이것을 다 마시면 승부가 시작된다. 나는 조금 긴장하기 시작했다. 컵의 바깥쪽에 물방울이 맺혀, 테이블 바닥에 둥근 고리를 만들었다.

요시다 군이 아이스커피를 다 마시자, 그것으로 모두의 컵이 비워졌다.

"그러면 슬슬 시작해볼까."

유키가 말했다.

"예."

조용히 요시다 군이 말했다.

"잠깐 화장실 갔다 올게."

나는 자리에서 일어났다. 서둘러 볼일을 마치고 돌아와서 자리에 앉았다.

"규칙을 확인해두려고 하는데요." 요시다 군이 이야기를 시작했다. "시간 무제한, 전원 핸디캡 3으로 시작합니다. 한 사람이라도 살아남은 팀이 승리합니다. 아시겠죠?"

"응."

"마지막에 남은 두 사람이 동시에 탈락했을 경우에는 무승부로 처리됩니다."

"그렇겠네."

"그 밖에 궁금한 점은 있으신가요?"

"괜찮아."

"특별한 거 없어."

"알겠습니다."

요시다 군은 텔레비전을 켰다. 우리는 텔레비전 앞에 반원을 그리듯 앉았다. 최고의 실력자인 요시다 군이 아주 믿음직스러웠다.

"그러면 시작하죠."

침착한 목소리로 요시다 군이 말했다. 깊이 있는 입체음이 스피커에서 흘러나오고 게임회사의 로고가 화면에 떠올랐다. 게임 로딩이 끝나자, 요시다 군이 모드를 이 대 이로 설정했다. 나는 컨트롤러를 고쳐잡았다.

캐릭터 선택 화면이 떴다. 유키와 마이코 씨가 캐릭터를 고르는 것에 맞춰서 우리는 작전대로 재빨리 캐릭터를 선택했다.

화면이 전투 필드로 바뀌었다. 우리의 작전을 알아차린 눈치는 전혀 없었다. 이겼다, 하는 예감이 들었다.

—Ready Go!

호령과 함께 승부는 시작되었다.

들뜨는 기분을 억누르며, 나는 필드를 뛰어올라갔다. 왼쪽 위. 나는 작전대로의 포지션에 자리했다.

그 다음에는 여기서부터 요시다 군에게 공격을 걸어오는 두 사람을 번개로 쏘기만 하면 된다. 나는 빨간 모자 소년으로 빙글, 뒤공중돌기를 했다.

요시다 군은 느릿느릿한 걸음으로 나아가기 시작했다. 그것은 누가 봐도 내가 조종하는 둔한 녹색 공룡으로 보였다. 공룡은 화면 한가운데까지 오자, 천천히 왼쪽을 보고, 오른쪽을 보았다. 다음에 위를 보고 아래를 보았다.

나는 다시 붉은 모자 소년으로, 빙글 하고 뒤공중돌기를 했다. 요시다 군의 엄격한 지도에 의해 나는 언제 어떤 타이밍에서도 번개를 날릴 수 있는 번개 소년이 되어 있었다. 자, 덤벼라! 나는 속으로 외쳤다.

유키가 조종하는 수염 남자는 화면 오른쪽 하단에 멈춰 있었다. 남자는 조금씩 앞으로 나오더니 그 위치에서 체조를 시작했다.

마이코 씨가 조종하는 핑크색 공주님은 화면 좌측 하단에 있었다. 한 발짝 앞으로 나와서 폴짝 점프했다. 앞을 보고 뒤를 보고, 다시 한 걸음 물러서서 돌아왔다.

자, 덤비라고. 나는 공격할 채비를 했다. 녹색 공룡이 목을 뻗어서 좌우를 살펴보았다. 나는 빙글, 뒤공중돌기를 했다.

유키는 변함없이 체조를 반복하고 있었다. 마이코 공주는 앞으로 나왔다가 뒤로 돌아가기를 반복했고, 이따금씩 폴짝 점프했다.

자, 얼른. 나는 속으로 중얼거렸다.

그러나 두 사람이 공격해올 낌새는 없었다. 나는 조금 불안해지기 시작했다.

—어떤 때에도 동요하지 말고 침착하게 행동하세요.

요시다 군이 했던 그 말을 상기하면서, 빙글 뒤공중돌기를 했다.

처음에 움직인 것은 요시다 군이었다. 녹색 공룡은 천천히 마이코 씨가 있는 아래층으로 내려가려고 했다. 마이코 씨가 조금 뒤로 물러서고, 유키는 체조를 멈추고 전투자세를 취했다.

공룡은 내가 조작하는 것으로 생각하고 있을 것이다. 나는 두 사람이 공룡을 공격하길 기다렸다.

두 사람이 있는 맨 아래층에 요시다 군이 도착했다. 그러나 두 사람은 아직 특별한 움직임을 보이지 않았다.

요시다 군은 이쪽에서 선제공격을 하기로 결심한 듯했다. 당연히, 노리는 것은 마이코 씨였다. 어떻게든 마이코 씨를 밖으로 날려버리면 승부는 결정난다.

요시다 군은 불덩이를 토하면서 마이코 씨에게 다가갔다. 그러나 마이코 씨는 재빨리 위층으로 이동했다. 그것을 요시다 군이 바로 뒤쫓았다. 나는 가만히 표적을 노리고 번개를 쏘았다. 마이코 씨는 훌쩍 뛰어서 그것을 피했다. 이어서 요시다 군의 머리 공격도 가볍게 피했다.

둘이서 마이코 공주를 추격하는 연습은 신물나게 반복해 왔다. 나는 좌우에서 그녀를 협공하기 위해 아래층으로 내려갔다. 나는 요시다 군의 불덩이에 쫓겨서 가까이 다가온 마이코 씨에게 태클을 날렸다. 그녀는 그것을 방어하고, 이어서 날아든 요시다의 펀치도 완벽하게 막아냈다. 이어서 내가 번개를 발사하기 위한 동작을 취하는 순간, 유키의 공격이 날아왔다.

나는 필드에 쓰러졌고, 그 옆으로 마이코 씨가 도망갔다. 유키는 요시다 군에게도 공격을 가했고, 유키와의 싸움을 피하고 싶었던 요시다 군은 도망치듯이 마이코 씨를 쫓았다.

일어선 나는 마이코 씨를 눈으로 쫓았다. 번개로 마이코 씨를 노리려고 하자, 다시 수염 남자가 성큼성큼 접근해왔다.

유키와 마이코 씨가 둘이서 함께 공룡을 노릴 거라는 예상은 멋지게 빗나갔다.

즉, 유키 일행은 공격과 방어를 완전히 분담했던 것이다.

마이코 공주는 도망치는 것에 전념한다. 유키는 그것을 막으면서 싸운다.

우리는 몇 번인가 마이코 씨를 쫓았고, 그때마다 유키에게 걷어차였다. 마이코 씨는 도망에 있어 프로페셔널이었고, 유키는 공격에 있어 천재적이었다. 그녀들의 전략은 서로간의 특성을 살린 것이었다. 그에 반해 우리의 작전은, 단순히 안에 들어 있는 인물을 교환한 것뿐이었다.

나의 체력은 착실히 깎여나가고 있었다. 더이상 큰 기술을 맞으면 위험했다.

우리는 동요하면서도, 어떻게든 타개책을 발견하기 위해 공격의 창끝을 수염 남자에게 돌렸다.

우리에게 둘러싸인 유키는 고속회전하는 팽이처럼 날뛰었다. 어설프게 공격을 걸면 반격당했다. 요시다 군의 빨간 모자 소년이었다면 어쩌면 이 사태를 타개해주었을지도 모른다. 그러나 실제로 요시다 군이 조종하는 것은, 파괴력은 있지만 스피드가 느린 녹색 공룡이었다. 우리가 수염 남자에게 쩔쩔매고 있자, 멀리에서 마이코 공주가 꽃병 같은 것을 던져왔다.

내가 꽃병을 방어하자, 그 순간 유키가 삼단차기로 공격해왔다. 우왓, 하고 내가 소리를 지르자 유키가 응? 하며 말했다.

"이거 마모루야?"

발차기를 날리면서 유키가 말했다.

"아냐!"

나는 방어하면서 말했다.

"옳거니." 유키는 가만히 중얼거렸다. "그렇게 된 거였구나."

유키는 그후에, 빨간 모자 소년만을 노리며 공격을 걸어왔다. 소년은 열심히 도망쳤다. 요시다 군도 잘 도와주었다. 그러나 소년이 번개를 날리는 동작을 취하려는 것과 동시에 유키의 날아차기가 들어왔다. 그건 어디선가 보았던 광경이었다. 구사쓰에서 돌아왔던 그날, 유키와 마이코가 연습했던 움직임이었다.

소년은 정통으로 날라차기를 먹었다. 우효~ 하고 소리치면서 소년은 별이 되었다.

그리고 공룡만이 남았다.

공룡의 왼쪽에는 굳센 수염 남자가 서 있었다. 오른쪽에는 여전히 상처 하나 없는 마이코 공주가 있었다. 공룡은 왼쪽을 보고 오른쪽을 보았다. 도망칠 길은 없었다. 유키 팀의 맹공이 시작되었다.

"힘내!"

나는 기도하는 마음으로 말했다.

실제로, 그때부터 요시다 군은 경이적으로 끈질긴 모습을 보여주었다. 유키 일행의 집중 공격을 견디면서 때때로 반격을 했다. 그 모습은 아주 아름답고 감동적이었다. 그러나 그 아름다움은, 멸종되어가는 중생대 거대생물의 그것이었다. 운명의 물결에 휩쓸려갈 때 보여주는 긍지 높은, 그리고 슬픈 모습이었다.

패배.

그것은 인생 최대의 위기였다. 내가 얼마나 멍청한 짓을 했던가, 하고 나는 생각했다. 후회의 마그마가 부글부글 끓어올랐다. 이윽고 그것은 폭음과 함께 분출되어 하늘을 검게 물들였다. 대지가 마구 뒤흔들리고, 땅 사방에 쫙쫙 금이 갔다.

이럴 생각이 아니었다. 이럴 생각이 아니었어, 하며 나는 당황했다. 나는 나도 모르게, 정말로 나도 모르게, 혼자서 기분을 내며 우쭐해졌던 것뿐이었다.

나는 필사적으로 머리를 굴려보았다. 내가 나아갔던 수준 낮은 길에, 유키와 마이코 씨가 주창하던 공평함이 앞을 가로막고 있었다. 그것은 처음 보는 거대한 벽이었다. 비밀 통로를 찾았지만, 그런 것은 어디에도 없었다. 그 벽에는 내가 지금까지 써왔던 방법이 통하지 않았던 것이다.

굉음과 함께 바다 표면이 번쩍 들리며 쓰나미가 밀려왔다.

후회하고 있을 상황이 아니었지만, 후회 말고는 할 수 있는 것이 없었다.

얄팍했다. 너무나 얄팍했다. 유키와 마이코 씨는 요시다 군의 가출에 확실한 답을 제시했다. 장래를 호쾌하게 명시했다. 그녀들에게는 각오가 있었다. 그 각오에 우리는 승리로 답해야만 했다. 하지만 우리가 승리를 위해 짰던 계획은 단순한 트릭일 뿐이었다.

모든 것을 쓸어가버릴 듯한 거대한 파도가 나를 삼켰다. 송두리째 쓸어가서, 산산조각 내주었으면 하는 기분이었다.

바후바후바후바후바후, 하고 공룡이 우는 소리가 들려왔다.

공룡은 천천히 필드 밖으로 날아갔다. 그것은 반짝이는 별이 되어, 이윽고 사라졌다. 요시다 군이 어깨를 축 늘어뜨리는 것이 보였다.

빠라빠빠라빠빠라빠바~

유키 팀의 승리를 축하하는 팡파르가 울려퍼졌다.

공주와 수염 남자의 머리 위에 꽃가루가 뿌려졌다. 환성이 울려퍼지며 엄숙하게 〈위풍당당 행진곡〉이 흘러나왔다.

"미안해."

바다 깊은 곳에서 나는 용서를 빌었다.

우리가 공평하게 대결해 유키 팀을 이길 수 있을 리가 없었다. 그녀들은 애초부터 그렇게 살아왔던 것이다. 하지만, 하고 나는 생각했다. 공평함은 소중하지만, 그것만으로는 다다를 수 없는 장소 역시 존재한다. 아마도, 그렇기 때문에 우리는 결혼했던 것이다.

"정말로 미안해."

나는 깊이 고개를 숙였다. 유키 쪽은 물에 잠겨버린 상자 정원을 창밖에서 바라보는 것처럼, 나를 보고 있었다.

이윽고 붕~ 하는 소리가 들려왔다. 낮게 울부짖는 듯한, 아주 가까이에서 나는 소리였다. 그것은 요시다 군의 혼의 외침이었다.

요시다 군은 정좌한 다리 위에 양주먹을 꾹 쥐고, 고개를 숙이고 있었다. 무릎 앞에는 컨트롤러가 있었다.

"……코미디예요."

쥐어짜내는 목소리로 요시다 군은 말했다.

요시다 군은 오른쪽 손등으로 눈을 눌렀다. 그리고 우욱 하고 신음하는 듯한 소리를 냈다. 이번에는 왼손으로 눈을 눌렀다.

"이런 건 삼류 코미디예요."

요시다 군의 목소리가 작게 떨리고 있었다.

"저는……"

파르르 떨릴 정도로 주먹을 꽉 쥐고 있다.

"저는,"

요시다 군은 코를 킁킁 훌쩍였다. 그리고 다시 눈가를 눌렀다.

"왜?"

절묘한 타이밍에 마이코 씨가 물었다. 요시다 군은 고개를 숙인 채로 이상한 소리를 흘렸다. 청령옥 펜던트가 살짝 흔들리고 있었다. 지금, 우리는 같은 마음이 되어서 요시다 군을 지켜보고 있었다.

"저는 분명히 유키 씨의 결투장을 받았어요. 저는 유키 씨와의 승부라면 받아들여도 좋다고 생각했어요. 저 혼자서라면 이길 수 있었어요. 그런데……"

뚝, 하고 눈물이 떨어졌다.

"그런데 이 대 이라뇨. 이 사람이 맘대로 결정한 것뿐이지, 저는 솔직히 납득하지 못했어요. 사실은 저와 유키 씨가 결투했어야 해요. 그렇지 않나요? 부탁드립니다. 저와 다시 한번 일 대 일로 결투해주세요."

극복했다, 하는 생각이 들었다. 요시다 군은 소중한 것을 지키기 위해서 공평함을 극복했다. 요시다 군은 집을 나와서 결의하고, 여행을 마치고 돌아왔다. 그 뒤에 패배하고, 껍질을 깨고 나온 것이다.

"……그래."

마이코 씨는 말했다.

"전부, 모든 것은 내 잘못이야."

그 말이 나오자마자 나도 말했다.

나와 마이코 씨는 유키를 보았다. 유키는 마이코 씨를 보고 나를 보았다. 나는 구도 씨의 흉내를 내어, 고개를 깊이 끄덕여보였다. 공평하든 말든 상관없다.

유키는 시선을 떨어뜨렸다.

"나는 유키와 나오토 군의 승부를 보고 싶어."

작은 목소리로 마이코 씨가 말했다.

"나도 보고 싶어. 정말 어느 쪽이 강할까?"

더 작은 목소리로 나도 말했다.

유키는 요시다 군을 보았다. 두 사람은 한동안 서로를 마주 보았다.

"부탁드립니다."

나는 진심을 담아서 말했다.

"……알았어."

유키는 대답했다.

◇

당연한 얘기지만, 도쿄에도 아름다운 석양이 있다.

우리는 강둑을 따라서 부두를 향해 걷고 있었다.

어두침침한 하늘은 점점 빛을 잃어가고, 진한 감색의 강 표면을 바람이 힘차게 쓸고 지나갔다. 귀가를 서두르는 듯 작은 배가 강을 거슬러올라가고, 저공비행하는 기러기가 물보라를 일으키며 물 위에 내려 앉았다. 오리 떼가 일렬로 늘어서서 물 위를 헤엄치고 있었다.

결론부터 말하자면, 요시다 군은 결투에서 이겼다.

결투가 시작됨과 동시에 빙글 하고 뒤공중돌기를 한 요시다 군은, 항상 그랬던 것처럼 안정된 게임 운영을 했다. 요시다 군은 히트 앤 어웨이 전법을 기본으로, 침착하게 게임을 이끌어나갔다. 요시다 군의 공격이 히트할 때마다, 나와 마이코 씨는 큰 소리로 응원했다.

힘내라, 하고 나는 외쳤다. 거기서 번개, 하고 마이코 씨도 외쳤다.

완전히 악역이 되어버린 유키는 으랴으랴으랴! 하고 소리치면서 공격을 반복했다. 나름대로 그 공격이 성과를 거둘 때도 있었다. 그러나 기본적으로 게임은 요시다 군의 우위로 진행되었다. 번개가 떨어지는 순간 날라차기를 날렸던 유키는, 그것을 미리 읽고 있었던 요시다 군의 양손 찌르기를 맞고서 혼절했다. 그리고 마지막에는 별이 되어 사라졌다.

요시다 군은 감사합니다, 하고 몇 번이나 고개를 숙였다.

모든 것을 내건 요시다 군은 멋있었다. 그리고 모든 것을 받아들인 유키도 멋졌다. 유키는 요시다 군의 기술과 모든 마음을 정면으로 받아냈던 것이다.

나와 마이코 씨는 두 사람에게 박수를 보냈다. 〈위풍당당 행진곡〉에 맞춰서, 우리는 하염없이 박수를 쳤다.

그 뒤에 유키가 다시 한번, 하고 말했다. 우리는 다시 넷이서 플레이했다. 결과는 요시다 군이 5승, 유키가 3승, 나와 마이코 씨가 0승이었다.

"좋은 시합이었어."

나는 옆에서 걷고 있는 유키에게 말을 걸었다.

"으음~"

바람이 천천히 흘러갔다.

"내가 바라던 바는 아니었지만 말이야."

유키는 아직 그 소리를 하고 있었다.

항상 생각하지만, 나는 유키의 옆얼굴을 좋아했다. 그것은 내가 정말 사랑해 마지않는 모습이었다. 동그랗고 작고 하얀 이마와, 또렷하고 의지적인 턱선. 그것은 예술품이라고 말해도 괜찮을 것 같았다.

냉동 창고들을 지나자, 진입금지 간판이 내걸린 펜스에 도착했다. 그 펜스를 넘어서 들어가는 부두가 나와 유키가 찾아낸 명당자리였다.

계류하는 배들을 전경으로 하마리큐 정원이 보였다. 더 멀리에는 시오도메의 빌딩들과 도쿄 타워가 보였다. 기러기가 때때로 찢어지는 듯한 소리를 내며 울었다.

우리는 제방에 걸터앉아서 아이스크림을 먹었다. 다 먹고 나자 유키는 나를 보며 "조화"라고 말했다.

"나도 조화."

나는 그렇게 대답했다.

맞은편 해안인 다케시바 삼바시에는 대형선박이 들어와 있었다. 그 엔진 소리가 여기까지 들려왔다. 유키는 그것을 가만히 바라보았다.

"'카멜리아 마루' 란 이름이네."

유키는 그렇게 중얼거렸다. 유키는 보통 사람에게는 보이지 않을 만큼 멀리 있는 것을 볼 수 있다.

"조화."

다시 한번, 유키가 말했다.

하늘은 군청색에서 흑색으로 빛깔을 바꾸어가고 있었다. 낙양. 파도가 해안에 부딪히고, 부두에 매여 있는 배들이 삐걱삐걱 소리를 냈다.

"그러고 보니, 요시다 군하고 갔던 여행은 어땠어?"

유키가 물었다.

"하고 싶은 말이 산더미만큼 있어. 너무 많아."

나는 대답했다.

"그러면, 나중에 천천히 들려줘."

유키는 기뻐하는 얼굴로 말했다.

수면을 떠다니고 있던 가마우지가 날아오르고, 눈 깜짝할 사이에 어둠 속으로 사라졌다.

작년 여름에는 둘이서 불꽃놀이를 보러 갔었다. 스타 마인이 펑펑 터지는 가운데, 수양버들 모양 불꽃이 밤하늘을 수놓았다. 금빛 여운이 밤하늘 전체로 퍼지고, 천천히 시간을 들여서 떨어져내려왔다. 우리는 숨을 삼키며 그것을 지켜보았다.

우리 앞에 유카타를 입은 작은 여자아이가 있었다. 그애는 손가락으로, "저거, 조화" 하며 가리켰다. 아버지가 그 아이를 안아올리며, "그래, 저거 좋구나" 하고 웃었다.

수양버들 불꽃은 그뒤에 몇 발이나 더 쏘아올려지고, 그 애는 그때마다 "저거, 조화" 라고 되풀이했다.

그 이후로, 우리는 이따금씩 "조화"라고 서로에게 말하곤 했다.

카멜리아 마루가 천천히 움직이기 시작했다. 기적 소리가 크게 울려퍼졌다. 그에 대답하듯이 기러기가 끼이이, 하고 울었다.

예감일지도 모르고, 희망일지도, 안도감일지도 모른다.

공복일지도 모르고, 포기일지도, 조화라는 단어를 말하고 싶은 것뿐이었는지도 모른다.

그리고 그 어떤 알 수 없는 감상에 잠긴 채, 지금 우리는 바다라고도 강이라고도 하기 힘든 이 경치를 바라보고 있었다. 그것은 아주 기분이 좋고, 떨어지기 싫고, 그저 아쉬웠다.

하지만, 이제 곧 완전히 날이 저문다.

그렇게 되면 여름휴가는 끝난다.

◇

여름이 끝나고 가을이 왔다.

요시다 군의 생일, 우리는 셋이서 돈을 모아 자동방습고를 샀다. 삼만사천 엔. 그것은 사시사철을 가리지 않고 방습고 안의 습도를 낮고 일정하게 유지해주는 뛰어난 물건이었다. 그러면서도 전기세는 한 달에 삼십이 엔 밖에 나오지 않는다.

요시다 군은 그곳에 다섯 대의 카메라를 넣었다.

더이상 카메라가 늘어나지는 않을 것이다. 요시다 군은 가끔씩 거기서 카메라를 꺼내어, 사진을 찍고, 손질하기만 하면 된다.

"감사합니다."

요시다 군에게서 전화가 걸려왔다.

"감동했어요." 요시다 군은 말했다. "굉장해요. 눅눅해진 전병을 넣어두면 다음날에는 아주 바삭바삭하게 변해 있어요."

톡톡 튀는 듯한 목소리로 요시다 군은 말했다.

내 책상 위에는 그날 요시다 군과 찍은 사진이 장식되어 있다. 얌전한 표정의 두 남자. 온천 폭포. 흑백사진. 요시다 군이 분해해서 생명을 불어넣은 펜탁스는, 조금 흐릿하지만 우리가 보낸 여름의 윤곽을 또렷이 포착해내고 있었다.

"유키 씨도 바꿔주세요."

알았어, 하고 말하면서 나는 유키에게 수화기를 넘겼다.

유키는 한동안 요시다 군과 이야기를 했다. 몇 번이나 웃는 소리가 들려왔다. 유키는 요시다 군이 관련된 일이기만 하면 정말로 잘 웃는다.

그리고 며칠 뒤, 나에게 있어서는 경천동지할 만한 사건이 터졌다.

어느 맑은 가을날, 휴일 저녁이었다.

"집을 나가기로 했어."

엄마는 갑자기 그런 말을 꺼냈다.

"그래?" 하지만 유키는 아무렇지도 않은 듯 대답했다. "결혼이라도 하는 거야?"

"할지도 모르고 안 할지도 몰라. 잠깐 같이 살아보고서, 그 다음에 결정할 거야."

"요코하마에 사는 분이던가요?"

나는 그렇게 물었다.

"어머." 엄마는 놀란 표정을 지었다. "너, 무슨 얘길 한 거니?"

"아무 말도 안 했어."

"어머나, 그 사람은 전혀 그런 관계가 아니에요."

엄마는 내 쪽을 향해서 변명하듯이 말했다.

"어디로 이사할 생각인데?"

"하치오지."

"머네~"

"안 멀어."

"멀어."

"마모루 씨는 어떻게 생각하시나요?"

두 사람이 동시에 나를 보았다.

"그게……" 나는 말했다. "……하코네보다는 가깝네요."

"흐음."

두 사람은 동시에 말했다. 나름대로 납득한 모양이었다.

"그래서, 유키에게 부탁이 있어."

"뭔데?"

"불단 세트 말인데, 네가 맡아두렴."

"에~ 싫어."

유키는 큰 목소리로 말했다.

"안 돼. 이제부터는 네가 저걸 가지고 있어."

즐거워하는 얼굴로 엄마는 말했다.

"마모루 씨도 잘 부탁드려요."

"걱정 마세요."

나는 대답했다.

유키는 아직도 혼자서 웅얼거리고 있었다.

"다음번에 저기 들어갈 사람은 내가 될 테니까." 엄마는 말했다. "모두들, 순서만은 착실히 지키도록 해요."

방 안으로 저녁 햇살이 스며들어서, 바닥에 블라인드 모양 줄무늬가 만들어졌다.

"하치오지의 그 사람은 오래 살 것 같아?" 유키의 말에 느긋한 말투로 엄마가 대답했다.

"그랬으면 좋겠네~"

매일 아침 텔레비전에 맞춰서 체조를 하는 이 사람은, 항상 혈색이 좋았다. 지친 날은 지쳤다는 것이 눈에 확 보이는 사람이었다. 그리고 그런 날은 언제나 환상적으로 이른 시간에 잠자리에 든다.

"장모님."

나는 가만히 입을 열었다.

그 사람은 내 얼굴을 빤히 바라보았다. 석양을 받은 머리카락이 금빛으로 빛나고 있었다.

"나가시기 전에, 차 끓이는 법을 알려주세요."

나의 장모는 잠시 눈이 부신 듯한 표정을 지었다. 그리고 진지하게 받아들이겠다는 표정으로 고개를 끄덕였다.

이 사람은 나가고, 우리는 남는다.

그것은 아주 자연스러운 것으로 느껴졌다. 정말로 그것이 자연스러운 것이라면, 하고 나는 생각했다. 엄마는 대단하다. 정말로 이 사람은 대단하다.

수컷 늑대는 어느 날 갑자기 무리를 나간다. 무리는 그것을 받아들인다. 자연스럽게 받아들인다. 전폭적인 신뢰와

애정이 기반이 되어 있지 않으면 그 자연스러움은 자리할 수 없다.

"왜 우는데."

유키가 내 뺨을 꾹 찔렀다.

"안 울어."

나는 다급히 고개를 저었다.

석양 빛을 받아 모든 것이 눈부셨다. 유키와 엄마가 내 얼굴을 들여다보았다.

"아뇨, 정말로 안 운다니까요. 정말로, 안 운다구요."

계절이 바뀌면, 이 집에 이사 온 지 일 년이 된다.

금빛 햇살이 온 집 안을 어리광부리듯 팔짝팔짝 뛰어다니는 것 같아서, 나는 몇 번이고 눈을 깜빡였다.

유유자적한 주인공의 일상에,
여름휴가와 함께 찾아온 파란

'홍미진진한 일상생활' 이라는 말은 언뜻 들어서는 모순되는 느낌이지만, 별것 아닌 일상도 보는 시각에 따라서 이렇게나 재미있게 변하는 것을 보면, 실제로 그런 하루하루를 보내는 사람도 있지 않을까 하는 생각도 듭니다. 어린아이 같은 감성을 가진 사람이라면 나른한 일상사도 흥미진진하게 변하지 않을까, 하고 말이죠.

이 소설의 주인공인 마모루와 유키, 요시다와 마이코를 보고 있노라면, 현실을 사는 어른의 모습 안쪽으로 그런 어린아이 같은 감성과 코믹한 면이 엿보이는 것이 '키덜트' 라는 단어가 절로 떠오르게 합니다. 동시에 이혼하자는 약속을 하는 인물이 있지 않나, 동거하는 남자친구가 있는데도 프러포즈한 남자와 비교해보는 인물이 있지 않나, 카메라를 분해하기 위해 부인을 내팽개치고 가출하는 인물이 있지 않나. 그런 엉뚱한 행동들이 오가는 것도 모자라서, 후반부에서 부부 갈등을 비디오 게임으로 결판내겠다는 모습은 그 모든 것들의 하이라이트 격입니다.

하지만 언뜻 봐서는 정말 엉뚱하기 그지없는 장난들로 느껴지는 장면들도, 찬찬히 살펴보면 그 아래에 진실한 마음과 기대가 담겨 있어 그저 가볍게 생각할 수만은 없게 만듭니다. 행동이나 말은 우스울지 몰라도, 그것은 어른스러운 장식이 가해지지 않았을 뿐, 순수한 마음을 전하는 것들이니까요. 가볍지만 가볍지만은 않은, 가볍지만은 않지만 가벼운 이야기. 이 수식은 흥미진진한 일상생활이라는 단어만큼이나 어색하게 들리지만, 끝나면서 시작하고 시작하면서 끝나는 이 소설과는 은근히 잘 어울리는 것 같기도 합니다.

나카무라 코우라는 작가 특유의 따스하고 깔끔한 문체로

보듬어진 이 이야기는, 마지막까지 훈훈한 여운을 주며 책장을 덮게 합니다. 전작이자 데뷔작인 『이력서』도 그렇지만, 그가 그리는 이야기에서는 포근하게 사람의 마음을 감싸주는 힘이 느껴집니다.

혹시나 궁금해하는 분들이 계실지 몰라 덧붙여두자면, 본문에 등장하는 비디오 게임은 닌텐도사의 〈대난투 스매시 브라더스 DX〉라는 게임입니다. 눈치 빠르신 분들은 유키가 선택했던 '콧수염이 난 통통한 남자'가 누군지 이쯤에서 알아차리셨으리라 봅니다(웃음).

2007년 8월

현정수

옮긴이 **현정수**

일본문학 전문 번역가. 상명대학교 소프트웨어학과 졸업. 옮긴 책으로 『이력서』 『NHK에 어서 오세요』 『잘린 머리 사이클』 『목 조르는 로맨티스트』 『네거티브 해피 체인 소 에지』 등이 있으며, 잡지 『파우스트』의 번역진으로도 활동중이다.

문학동네 세계문학

여름휴가

초판인쇄 | 2007년 8월 6일
초판발행 | 2007년 8월 20일

지 은 이 | 나카무라 코우
옮 긴 이 | 현정수
펴 낸 이 | 강병선
책임편집 | 양수현 최유미
펴 낸 곳 | (주)문학동네
출판등록 | 1993년 10월 22일 제406-2003-000045호

주 소 | 413-756 경기도 파주시 교하읍 문발리 파주출판도시 513-8
전자우편 | editor@munhak.com
전화번호 | 031) 955-8888
팩 스 | 031) 955-8855

ISBN 978-89-546-0355-3 03830

www.munhak.com